禁断的魔术

〔日〕东野圭吾 著　张北辰 译

南海出版公司

新经典文化股份有限公司
www.readinglife.com
出 品

禁断的魔术

1

吉冈看了眼手表，刚过夜里十一点。在目送大厅里为数不多的客人陆续回家后，他看向身旁的电脑。

东京高级酒店的夜晚是很漫长的，营业部门夜班的上班时间是晚上十点，但除了要为客人办理入住手续，还有一些琐事，所以就算到了午夜十二点，仍在办理入住手续也不是什么稀奇事。入住的客人中不乏一对对春心荡漾的情侣，吉冈对接待他们并没有什么不满。

今天对于情侣来说是一个特别的日子。有的是在哪里吃完了豪华晚餐，微醺之后来到这里的，有的是男方提出邀请，然后按照作战计划成功地把女方带到这里的。这些幻想在吉冈的脑中不断膨胀，让他乐不可支，但这种好奇心当然不能表现在脸上。

酒店玄关处的自动门开了，一个女子独自走了进来，看上去年龄在二十五至三十岁之间，穿着合体的套装，稍有些短的裙子让人难免有些非分之想。

作为女性，她并不高挑，但漂亮的瓜子脸上有一双大眼睛，眼角略微上翘。

吉冈立刻想起这个女子曾来过几次，自己也为她办理过两次入住手续，但她第一次和第二次用的名字不一样。

"我姓山本。"女子小声说道。

又变了，吉冈思索着，她前两次来都没有用过"山本"这个姓氏。他没有让心里的疑惑显露在脸上，不动声色地操作着电脑。"山本春子小姐是吧？"

"是的。"

"不好意思让您久等了，入住本酒店的商务套房一晚，没错吧？"

"没错。"

"感谢您的光临，请在这儿填写资料。"吉冈说着，拿出房间的钥匙卡。

女子拿起圆珠笔，写起住所、姓名等资料。她用的是假名，住所八成也是瞎写的。客人要是都这么做，顾客资料里虚假人物的数据又要增加了。

吉冈若无其事地看了一眼女子，不禁吃了一惊。女子的脸几乎没有什么血色。在吉冈的印象里，她以前来的时候，皮肤很白皙，今晚却脸色灰暗。

女子填写完资料，吉冈发现这次她填的住所又变成了千代田区。

"山本小姐，请问住宿的费用您是刷卡支付还是现金支付呢？"吉冈问了一个答案显而易见的问题。

"现金。"女子作答后打开手提包，从钱包中取出现金放在了柜台的托盘上，"这些钱足够了吧？"

吉冈把钱拿起来数了数，万元钞共有十三张，女子预订的是十万日元一晚的房间，作为订金足够了。可能是积累的经验让她对酒店的房价有所了解。

吉冈一边说着客套话，一边处理入住流程。

"不好意思让您久等了，为您准备的是1820号房间。"吉冈把装有钥匙卡的硬纸夹放在了柜台上，"需要我陪您到房间吗？"

女子婉拒了吉冈，伸手去拿硬纸夹时，忽然眉头紧皱，接着闭上了眼睛，好像身体的某个部位疼痛难忍。

"您不舒服吗？"吉冈问道，"您没事吧？"

女子挤出微笑，点了点头。"啊，没关系的。"她随即把硬纸夹拿了起来。

"请您放松地享用房间和其他服务。"吉冈边说边低头行礼。抬起头的时候，女子已经走到电梯间了。

明天早上，她也会一个人到前台来吧，然后办好退房手续，头也不回地走出酒店，但那房间里未必只有她一个人住，夜半时分谁会去造访呢？这就与吉冈无关了。

又有客人出现了，一个实业家模样的男人走近前台。吉冈转向他，恭敬地点头致意。

"麻烦的大巴到门口了,咱们走!"身为前辈的服务生拍了一下松下的后背,松下随即快速走向酒店正门的玄关。

从停在酒店门廊的大巴上走下来的,几乎都是来自外国的观光客。

车身下方专门用来装行李箱的地方塞满了巨大的旅行箱包。松下等人的任务是把这些东西搬进酒店。当然,这些工作不是全部。离给客人办理入住手续还有一段时间,现在需要将全部行李井井有条地搬运到一个地方保管。如果行李箱数量少,倒没什么关系,但几十个行李箱光是找地方放就很费劲,还要注意不打扰到其他客人。

"真受不了,这些家伙为什么来得这么早,现在还不到一点呢。"前辈一边给安置好的行李罩上网子,一边发着牢骚。

这边的工作告一段落,准备回到原处时,松下恰巧路过前台,听到一个资历较老的前台职员叫了他一声。"能过来一下吗?"

"什么事?"

前台职员看起来像是在往哪里打电话,随即把紧握着的听筒放回到座机上。"去1820号房间看一下状况好吗?"他说道,"都这个时间了,客人还没有来退房,打电话也没人接。因为客人付了订金,应该不会没办退房手续就走。"

这家酒店的退房时间是中午十二点。已经过去将近一个小时,确实有些奇怪。

"是男客人吗?"

"不,当时来登记的好像是一位女客人,因此,还得请你慎重一点。"

"我明白了。"

拿起酒店的万能钥匙,松下向那间客房走去。1820号房间是商务套房。走到门前,松下先按响了门铃,等了一会儿,没听到屋内有任何回应。他又敲了敲门,不出所料,还是没有回应。

只能用最后的办法了。"我进去了!"松下打了声招呼,拿出万能钥匙,插入钥匙孔。

门开了,松下小心地走了进去。起居室里没有人影,餐桌上放着啤酒瓶和两个玻璃杯。两个杯子里的啤酒都还剩大约半杯。

卧室的门紧闭着。松下走到门前,先敲了敲门,还是没有回应。考虑到女客人有可能还在房间里熟睡,他做了个深呼吸,稍提高音量说道:"对不起,打扰了。"

松下打开卧室的门,一边说着"失礼了",一边把头探进房间扫视。

一瞥之下,松下吓了一大跳。他原以为房间里没有人,却看见一个女子仰面躺在加大双人床上,身上穿着衬衫和裙子。

松下感觉到惊讶,已经是几秒钟之后的事了。

床罩被一片鲜红浸染。松下愣了好几秒才意识到,这令人胆寒的大量鲜血是从女子下半身流出的。女子穿的长筒袜也被染成一片鲜红。

松下过了好一会儿才恢复意识,在这个面色苍白的女子脸上,还能隐约看到她的双眼微睁,却让人再也感受不到一丝生机了。

松下的脑子乱成了一锅粥,到底该怎么办?他不知如何是好,只是一直呆站在原地。就在此时,他放在上衣内兜里的新手机振动起来。他颤抖着掏了出来,手机差点掉到地上。

"喂……"松下勉强挤出这个字。

"喂,松下,情况怎么样了?"是那个前台职员,语气还挺悠闲。

松下深呼吸,然后把现场的惨状一股脑说了出来:"大事不好了!客、客人被杀了,在、在床上……被刺死了……"

2

帝都大学理学院历史悠久。迈入这幢大楼的瞬间，古芝伸吾感到空气的味道都变得与众不同了。这当然不是指楼里散发的霉味或灰尘的味道，而是似乎飘溢着一股特有的有格调的芳香，让人联想起古老的博物馆或是美术馆。不过，这颇显陈旧的墙和地板，还有天花板上的伤痕和污渍，或许也会使人产生这种错觉。

从前方走过来两个学生，都明显比伸吾年长，正认真地探讨着什么问题。擦肩而过时，他们也没瞥伸吾一眼。可能是在争辩一个学术性很强的论题吧，伸吾想。在这里，任何人看起来都像是优秀的科学家。

爬上楼梯，步入走廊，不一会儿要找的那扇门便出现在面前。一块写有"第十三研究室"的门牌映入眼帘。门上挂着一块去向告知板，由此可知，伸吾想要见的人应该就在室内。

伸吾做了个深呼吸，随即推开门，首先看到的是一张操作台。台子对面有两个人，一个身穿白大褂的人面对操作台，旁边站着一个学生模样的年轻人。伸吾看不到二人的脸。

"对不起,打扰一下……"伸吾客气地打了个招呼。

学生模样的年轻人闻声转向伸吾,而那个穿白大褂的人只是稍微扬了扬手。

"稍微等一下啊,按顺序来。"他的声音低沉而具穿透力,萦绕在伸吾的耳边,勾起了伸吾对往事的回忆。

伸吾进入房间,关上门。他默默地站着,倾听二人的交谈。那个年轻人似乎在接受指导。

"总之,这样的错误以后要多加注意。不管是多么简单的计算,一定要自己去验证,确认结果是不是和已有的一致,不要让别人的研究结果左右你的结论。"穿白大褂的人严厉地教育着学生。

学生一边说着"我知道了",一边不住地点头回应,然后垂头丧气地走出了房间。

目送学生离开,伸吾看向穿着白大褂的背影。"那个……"他嘟囔道。

"你是第五个。"穿白大褂的人张开五指,"我跟别的学生也说过,研究报告的提交期限不能变更,上第一节课的时候我就告诉过你们。"

"研究报告?"伸吾挠了挠头,"那……是……什么……"

"不是为这事吗?"穿白大褂的人迅速把椅子转向伸吾。他原本神情严肃,但在见到伸吾的瞬间,他好像卸下了防备,表情缓和下来。"哦……"

"汤川老师，好久不见。"伸吾露出笑容，低头行礼。

"你……好像是……"穿白大褂的人——汤川，伸手指向伸吾，"古芝，对了！你是古芝伸吾。"

"是的！"伸吾激动地答道。不仅是姓氏，汤川连名字都记得这么清楚，这让伸吾十分高兴。

"真是好久不见。怎么到这里来了？啊……该不会是……"

伸吾一边说着"对"，一边重重地点头。"托您的福，我通过入学考试了，考上了工学院机械工学系。"

"是吗？"汤川隐藏在镜片后的眼睛一下子睁大了，"那真是太好了，恭喜你！"

汤川起身走向伸吾，伸出手来。伸吾在牛仔裤上擦掉掌心的汗，握住了汤川的手。

"那应该是一年前的事了吧？"汤川问道。

"是的，是高中春假期间，所以是一年多之前吧。我一直想找机会和您联系，但是……"

"无所谓，考前复习肯定也很忙碌。对了，那件事后来怎么样了？有新人加入社团吗？"

"有两个人加入了，听说今年又有一个一年级新生加入。"

"那真是太好了！这样一来，社团暂时摆脱了解散的危机。"

"总算摆脱了危机，多亏了汤川老师您呀。"

"我也没做什么了不起的事，主要还是靠你的努力。"汤川微微摆了摆手，转向操作台，"有时间吗？我给你冲杯咖啡？不，还是去学生食堂吧，我还没吃午饭。"

"不用了，很遗憾，我要去打工了，在一家家庭餐馆。"

"兼职吗？从白天就开始？"

"一般都是晚上，但今天是星期六。"

汤川一边嘟囔着"这样啊"，一边微微点头。"你还是一如既往地辛苦啊。"

"还行吧，我记得以前曾对您说过，我们家全靠我姐姐挣钱养家。"

"你姐姐……好像是说过。"

"我还能再来找您吗？"

"当然了，随时欢迎。下次我们可要好好聊聊。"

"我会在不打工的时候来。"

"嗯，就这么说定了，手机号没变吧？"

"没有。那我先告辞了，打扰您了。"伸吾鞠躬道别，朝门走去。

"古芝！"汤川忽然唤道。

伸吾驻足，回头向汤川看去。

"欢迎你来帝都大学。"汤川说道，"加油啊！"

"是！"伸吾掷地有声地回应道。

伸吾从理学院大楼走出来，长舒了一口气，身体仍有些发热，可能是因为紧张感还没完全消退。能和许久不见的恩人交谈，自然非常兴奋。

那位物理系的副教授，是和伸吾同一所高中的前辈，说起来，二人年龄相差二十多岁，算是伸吾的老前辈了。

认识汤川的契机，是伸吾主动写了一封信。当时，在高二第三学期①结束前，伸吾很焦虑，因为他所属的社团在三年级学生毕业后就只剩他一人了。

这个社团叫"物理研究会"，是一个以各式各样的物理实验为乐、所谓"科学宅"聚集而成的团体。近年来几乎没有新人愿意加入了。

等到四月，学校就要迎来新生。如果能想出对那些新生而言极富吸引力的创意，或许能吸引一些有意加入的人。伸吾为此不住地思索着。但是，好的点子并没有在他脑中闪现。不，就算有点子，也没有预算。伸吾去找担任社团顾问的老师谈这件事，对方只是一脸为难，提供不了任何帮助。

被此事困扰了很长时间后，伸吾想出向OB②求助的办法。他翻查OB名册，寻找有能力帮助他的人，但光看名字和地位，不可能知道谁会向他伸出援手。最后，他只能把诉说社团窘境的信寄给每一位能联络到的OB。

令人满意的答复却怎么也等不来，不仅如此，很多信因为收件地址不明被退了回来，看来这老古董一样的名册实在靠不住。

当他想要放弃时，信中留下的那个电子邮箱里收到了一封

---

① 日本的学校一般是四月至翌年三月为一个学年。四月至七月为第一学期，九月至十二月为第二学期，翌年一月至三月为第三学期。各学期后分别有暑假、寒假、春假。
② Old Boy，特指男校友，也多指曾在学校参加过社团活动的毕业生。

电子邮件。对方的域名让伸吾瞠目结舌，居然是赫赫有名的帝都大学。

发出这封邮件的正是汤川学。读完邮件，伸吾有一种仿佛在无尽黑暗中觅见一缕光的感觉。邮件中写道："为了让物理研究会摆脱解散的危机，愿意倾力相助。"

三月上旬的一天，汤川终于来到母校。他外表沉静，肌肉紧实，全身散发着朝气。伸吾听闻汤川在高中时代是羽毛球社的成员，以前总是想象汤川应该是个年纪更大且与运动绝缘的人，今天见到他，伸吾感到很意外。

汤川为吸引新生准备了多个演示，每一个都极具吸引力。伸吾选择了其中一个利用电流和磁场的实验装置。伸吾认为这应该是最具视觉冲击力的装置，但制作困难，预算也相当高。针对这些问题，汤川及时伸出援手，将大学中闲置的设备和器材借给了伸吾。

高中一放春假，伸吾便正式开始了制作。汤川几乎每天都会来帮他，传授各种各样的技巧和秘诀。虽然伸吾对自己的科学天赋抱有强烈自负，也因汤川渊博的知识和丰富的经验叹服不已。和汤川在一起时，灵感会像连珠炮般涌现。有时，由于某些科学理论太难以理解，伸吾产生过想放弃的念头。每当伸吾表现出退缩之意，汤川便会用很少见的严厉口吻批评他。

"所谓放弃，应该是那些上了年纪的人做的事，世界上没有你们这些年轻人无法理解的事。只要放弃一次，就会滋生放弃的习性，原本可以解决的问题也会变得无法解决。"为了让伸吾能理解这些难点，汤川不厌其烦地为他讲解。

这个人不论是作为一位科学家，还是一个人，都是最杰出的，伸吾心生叹服。

装置制作完成后，伸吾进行了实验，又接受了汤川的建议加以改良。春假后半段，装置已经呈现出近乎完美的形态，随时可以启用。伸吾对这一作品十分满意，汤川也给予褒奖："即便是我的学生，也不可能做得这么完美。"

那天晚上，为庆祝装置顺利完成，伸吾邀请汤川来自家做客。虽说是"自家"，也就是伸吾和大他九岁的姐姐同住的一间公寓而已。母亲在伸吾很小的时候就病逝了，父亲也在他中学三年级时因事故去世。从那以后，姐弟俩的生计就落在了姐姐秋穗的肩上。

秋穗特意准备了寿喜烧，汤川带着一副很不好意思的表情吃着锅里的肉和菜，喝着啤酒。秋穗与汤川举杯同饮，看起来也十分高兴。在家里宴请客人，自姐弟二人相依为命生活后，这还是第一次。

啤酒喝空几瓶后，副教授谈兴渐浓，开始滔滔不绝地畅谈起来：科学的历史、宇宙、未来……话题极为丰富。伸吾听得入神，没有一丝厌倦，这样的场景让亡父的昔日音容浮现在他脑海中。

伸吾极为尊敬父亲，在重型机械制造厂担任工程师的父亲惠介经常把"掌握了科学的人就能征服世界"这句话挂在嘴边。

"奥运会就是个很好的例子。仅锻炼身体是不可能取胜的，健康管理下的训练、技巧、战术、器具、钉鞋、泳衣等运动科学也很重要，而且胜利只会选择将运动科学研究透彻的人，毅力论、精神论之类的都是无稽之谈。不，在精神方面钻牛角尖，那是脑科学的研究范畴。与此相对，把科学当作伙伴的人是无敌的，不管什么样的梦想都能实现。"以前惠介在吃晚饭时，经常一边小酌一边发表类似的演讲。

虽然心里会抱怨"又开始了"，但伸吾对父亲的言论并不反感，不知不觉中，他也对科学产生了强烈的兴趣。

为和汤川干杯，伸吾喝了一杯啤酒，但已有些醉意。他感到自己躺倒在沙发上，有人给他盖上了毛毯。他脑袋昏昏沉沉的，回过头，只见汤川和秋穗相对而坐，低声说着什么，他听不清。

伸吾坐了起来。

"睡醒了？"秋穗问道。

"刚才你们在谈论什么？"

"秘密哟。"姐姐露出调皮的笑容。

"是令尊的事。"汤川立刻答道，"掌握了科学的人就能征服世界……说得真好啊。"

伸吾感到一股暖流涌入心中。"非常感谢。"他脱口而出，似乎是觉得父亲的想法得到了赞扬。

进入四月，汤川就不再来高中了，好像是要去美国三个月。

"至此，我已经没什么可教给你的了，衷心祝愿你能成功招到新成员加入。"这是那时汤川对他说的最后一句话。

多亏了这台装置，演示成功地为社团招到了新成员，但伸吾不知道汤川在美国的联系方式，所以这个喜讯没能传达。后来，伸吾因升学考试前的复习变得越来越忙碌，二人便渐渐疏远。

但伸吾从未忘记汤川的恩情。不仅如此，对汤川的仰慕成了他努力学习的动力。他唯一的志愿便是帝都大学，其他大学都不予考虑，但他并不想考物理系，而是以机械工学系为目标，因为这个专业将来比较容易就业。伸吾虽很景仰汤川，但深知自己并不适合做研究型学者。

在汤川所在的帝都大学认认真真地学习科学知识，成为一名像父亲一样优秀的工程师，这便是伸吾现在的目标。

走出学校大门时，伸吾的手机响了，来电者显示为"秋穗"。昨天晚上，秋穗没有回家。她因工作彻夜不归已是常事，伸吾并未太过在意。

"喂，怎么啦？夜不归宿的女人。"伸吾打趣道。

电话另一头并没有马上回应，似是犹豫了一阵，对方开口了："喂……"是一个男人的声音。

伸吾吃了一惊，难道刚才看错来电显示了吗？

伸吾沉默不语，对方又说了句"喂"，还是那个男人的声音："是古芝伸吾先生吗？"

"是、是我，您是……"伸吾脑中一片混乱。为什么对方会知道自己的名字？

"我是警察。"

"什么?"

"其实……"短暂的沉默之后,电话另一头的男人继续说道,"古芝秋穗小姐去世了。"

这句话在伸吾脑中倏忽而过,他完全不知道自己刚才听到了什么。

"喂?您听到了吗?古芝秋穗小姐她……"男人重复着刚才的话。

伸吾脑中一片空白。

3

火车没过多久就抵达了目的地，此时刚过下午五点。白昼越来越长，透过窗户向外眺望，厚厚的云层正如烟雾般扩散，天空的颜色也逐渐暗淡。但愿回去时别下雨，鹈饲和郎心想。黄金周刚结束，当意识到快要到令人烦闷的梅雨季节时，鹈饲和郎感叹时间过得太快了。

到站后，鹈饲抱起公文包，走上月台。在这一站上下车的乘客比上次来时多了不少，他想，如果这个地方的人气能这样慢慢攀升，那真是令人满意的结果。

检票口前挂着一块巨大的广告牌，上面写着"欢迎来到科学之城"，一个穿着宇航服的少年和一个手持烧杯、穿着白大褂的少女在向来访者微笑。虽然感觉有点土气，但广告公司的负责人说这种程度的创意已经足够让大众满意。既然如此，鹈饲也只能勉强接受。

从车站的中央大厅出来，鹈饲向出租车停靠站走去。马路对面的施工已经开始了,听说是在建一个直通车站的商务酒店。先去确认对方的需求也不晚,但时隔许久才得到巡视这座城市的机会,他实在无法压抑急切的心情。

鹈饲坐上出租车,说出了目的地。车子启动后没多久,道路旁并排竖立的几块标语牌引起了他的注意,上面写着"自然比科学更重要""守护宝贵的动物和植物""不要把放射能带进这座城市"之类的标语。

"最近怎么样?"鹈饲看着司机的白头发问道,"托ST的福,乘客有没有增加?"

"嗯……"司机目视前方,歪着头想了想,说,"从事工程的相关人员有时会打车,但土生土长的本地人仍坚决不肯坐,因为还没有什么效果呢。今后应该会有所改善吧?"

"没错。"鹈饲回应道。的确还没什么效果呢。

仅仅十分钟左右就到了目的地。

这家店位于闹市中少有的僻静之处,乍一看很有小巷深处古旧民房的风情。门口挂的招牌很不起眼,鹈饲第一次找这里时走了不少冤枉路。

推开拉门,一条狭窄的过道映入眼帘,可以看到店里有个穿着工作服的中年女人。鹈饲没有自报家门,但中年妇女还是满脸堆笑地说:"欢迎光临,您的客人已经到了。"

妇女带着鹈饲往店里面走,来到一个约八叠[①]大的和室。里

[①]日本计量房屋面积大小的单位,1叠约为1.62平方米。

面有四个男人,面前的两个人跪坐着,另外两个人面朝方形餐桌并排而坐,是鹈饲的熟人。

"怎么了啊,你们二位?往里坐坐吧。"鹈饲指了指壁龛前没人坐的地方,对餐桌旁的二人皱起眉头。

"不敢不敢,鹈饲先生您才应该上座。"颧骨突出,姓池端的男人说道。

鹈饲是某议员的秘书,而池端是那个议员在此地的后援会会长。

"就是,还是您请吧,千万别客气。"池端身旁的男人说道。他是鹈饲等人在这座城市开展工程的实际负责人,姓西村,是一家大型不动产公司的社长。

"真拿你们没办法啊。"鹈饲一边嘟囔着一边坐到了上座,"怎么了?看你们都心神不宁的。"

"您可是代表大贺议员来的,当然要威风一点。"池端谄媚地笑着说。

穿工作服的女人也点头附和,随后行礼退出房间,关上了入口处的拉门。

池端把脸转向鹈饲:"远道而来辛苦了。"

"这话要是传到大贺议员耳朵里,他可要大发雷霆了啊。光原町离东京不远,所以才把这次的计划定在这儿。"

"哈哈,是这样啊!"池端发黄的牙齿清晰可见。

鹈饲把视线转移到西村身上。"大贺议员让我代他向您表示诚挚的问候。他对于今天不能出席感到万分抱歉。"

"哪里的话，本来应该由我们去拜访大贺议员才对，还特意劳烦鹈饲先生您跑一趟，我们已经很不好意思了。"

"这您不必在意，比起这个，各地的工程进行得还顺利吗？"

"目前还没有大麻烦，不过，系山地区那边可能会出现点小问题。"

"这件事在电话里已经听您说过了，果真如此啊。您说的系山地区，指的应该是预定建造 G 栋的所在地吧，那儿有什么问题吗？"

"这个……"西村点了点头，随后把目光投向跪坐在稍远处的两个男子，"给鹈饲先生说明一下情况。"

其中一个没戴眼镜的男子朝餐桌膝行靠近，向鹈饲递上名片。他是系山地区的负责人，姓冈本。"那里的反对运动越来越活跃了。"冈本说道。

"啊，果然哪。"鹈饲点了点头，"我来的途中，反对的标语牌随处可见。我一时还以为我们事业的火焰要就此熄灭了呢，但是你们有办法让希望之火重燃吧？"

"是的，但是稍微有点麻烦。"冈本在餐桌上将资料册打开，展开设计图。这是一幢建筑物及其周边地皮的平面图。"这是 G 栋建筑预定施工地点北边一公里左右的地方，现已确认这里有一个鹫的巢穴。"

"是吗，鹫的巢穴吗？"突然蹦出来的这个始料未及的名词让鹈饲有些困惑。

"是的,这种珍稀鸟类濒临灭绝。反对派以此为由,呼吁县政府发布停止施工的命令,听说最近还要向环境省递送请愿书。"

"此前别的地方也发生过类似的事。我记得在当时的纠纷中,出现了某种昆虫的名字。"

"是昔蜻蛉。"冈本说道,"因为山椒鱼的生存空间被剥夺而导致的纠纷也有。不论谁在这方面做环境调查,环境省都睁一只眼闭一只眼,在事情闹大之前就解决了,但这次的事态和以往有微妙的差别,环境省对于鹫的保护非常重视。施工地点距离鹫巢只有一公里,确实太近了。"

"是吗?可是授予我们施工许可的是县政府,这件事县政府是什么应对态度?"

"他们如果遵从环境省的规定,好像很难下发许可,但如果环境省认为施工没问题,他们表示也有回旋余地……"

"原来如此。"总之,肯定要和环境省交涉了,鹈饲暗想。

"无论如何都没办法了吗?"西村插话道,"根据冈本所说,如果我们详细调查施工行为对鹫巢有没有影响,要搭进去几年时间啊?由于系山地区这些麻烦问题的牵制,原定的开工时间估计已经要延后了,这样一来只会更晚,我们的计划可就要大受影响了。"

"我明白了。等我回到东京,会立刻把问题报告大贺议员。"鹈饲边拿出笔记本边说。

"那一切就都拜托您了。至于详情，等您看完这个资料册里的文件，应该就能全部了解了。"冈本把资料册合上，递给鹈饲。

"那我暂且收下了。"鹈饲说着，把资料册放进公文包，又转向西村，"反对派的那帮人可不会轻易放弃。"

"别说放弃了，他们会变本加厉，用尽所有的方法阻挠我们，真让人为难啊。"西村的眉毛皱成了八字形，连声叫苦。

"我们已经决定实行这一系列的建设计划了，一部分工程也已动工，反对派为什么这么坚定地抵制我们呢？问题的焦点果然还是在于G栋那里吗？"

"正如您所说。对他们而言，不管怎样，G栋那个设施的工程，他们肯定不会认同。反正啊，我们一开始也预想到反对的浪潮会越来越凶猛，但正因为一开始就把G栋设施的建设计划定在光原町，才会进行接下来这一整套的建设计划，不是吗？"

"如您所说，他们的确是用尽了所有能用的办法，难道还会想出其他歪门邪道来对付我们？"

"当然。最近新花招可是不少，对他们而言，阻止施工的借口要多少有多少。有人说现在进行的工程没有遵守当初我们所宣称的'以维护生态环境为前提'的约定。在别的地方，误砍过计划施工地段范围之外的树木，当地人拍下了照片，去县里抗议，工程立刻就被勒令中止了。"

"哎呀，真是能干的行动派啊。"

"过激的反对派只是一部分人而已，但是这样一来……"西村说罢,看向坐在冈本身边一直静默的男子,"介绍一下,不,谈不上介绍,应该说是引荐。他是负责协调工作的人,我想让他加入我们,共同商议对策,就冒昧把他带来了。"

男子一边说着"请您多多关照",一边掏出名片,上面写的职衔是"建筑公司经营顾问",姓矢场。

矢场双手接过鹈饲递出的名片,低头将名片上举表示敬意,然后煞有介事地装入名片夹。

鹈饲迅速打量着这个初次见面的男人。他穿的西装看上去土气,但绝不是什么便宜货。藏在金边眼镜镜片后的,是不会放过任何一个对头的狡猾目光。看起来好像还打过拳击,受过伤的耳朵像花椰菜一样。

"在因购买地皮而引起纠纷的引田地区,矢场在纠纷解决的过程中可是担任了重要角色。与对方交涉,信息是第一位的,知道对方的底细比什么都重要,正因为他在交涉期间一直不声不响地打探,才能有个好结果。"

"噢……"鹈饲将目光从西村身上移开,转向矢场。

"这没什么,"矢场边说边小幅摆手,"不是什么大不了的事。但是,无论是什么样的人,弱点啊想得到的东西啊,怎么说也有那么一两个,我只是想办法把这些情况弄到手而已。"

"用这个窍门也能对付反对派的诡计,让我们渡过难关吗?"

"嗯……"矢场歪着头说,"现在还无法得出结论,但首先要做的是找到突破口,然后再思考应该如何向对方发起攻势。"矢场说着，嘴角浮现出无耻的笑容。

鹈饲觉得还是不要多问"突破口"之类的具体内容，所以他只是保持着微笑。

"那我们就先告辞了。"矢场说道，"是否要让老板娘把准备好的料理端上来？"

"那就拜托了。"西村回应道。

矢场和冈本出门后，池端两眼放光地感叹道："这个姓矢场的人，好像真能用得上啊！"

"您说得没错。"西村点头附和道，"他人脉很广，池端先生和鹈饲先生如果有什么困难，只管找他帮忙，不必顾虑。"

"那就先行谢过了。"鹈饲点头致意。这种事自己肯定会做的，他暗想，这种有用处的人，就如同利刃和炸药，一旦用法不当，就会威胁使用者的安危。所谓矢场的人脉，很可能指的是黑社会之类的势力。他抬起头时，恰巧看见拉门被推开，那个穿工作服的女人出现在门外。

4

仓坂由里奈察觉到工厂里多了个工人，是在五月末。上高中的由里奈从期中考试的第一天起，都会在午后回家。虽然很早就放学，但她不习惯和同学一起绕路回去。明天和后天都有考试，而且今天的数学考试考得很糟糕，会做的题目很少，成绩不用看也知道有多惨。但至少她还想在其他科目上取得好成绩，于是由里奈决定到家后吃完晚饭马上就去学习。

由里奈走在许多仓库和工厂并排而建的马路上，不久便恰巧走到了"仓坂工机"的门前。仓坂工机是由里奈的父亲经营的一家工厂，在这一带算是规模较大的。

看起来正值午休，听不到平时接连不断的机械噪音。由里奈若无其事地往厂房里瞧了一眼，只见一个年轻人坐在木箱上，像是在看杂志。他穿着工作服，应该是这里的工人。仓坂工机的工人数量总是保持在二十人左右，但因为人员流动性大，由里奈不可能认识所有工人。她没见过那个年轻人。

年轻人忽然抬起头，顿时与由里奈四目相对，由里奈急忙移开视线。她想离开，却发现脚好像不听使唤了。

回到家后，那个年轻人的面容在由里奈脑中挥之不去。他看起来很清爽，目光中透出的忧伤，深深地刻在眼眸上。年龄应该比由里奈稍长。

父亲曾说："有一个今年四月毕业的高中生进入工厂工作后，很快就辞职了，所以必须要再招新人。"那个年轻人应该是那时被招进来的。

晚饭时，由里奈见到了父亲达夫。她想问问父亲那个年轻人的情况，却因找不到借口而一直无法开口。

晚饭后，由里奈也根本无法集中精力复习。她只想着明天要在大约同样的时间回来，然后再去工厂看一眼，应该还会碰上他吧。

果然，第二天的考试由里奈又考得一塌糊涂，但她的计划顺利实施了。回家途中她路过自家的工厂，只见那个年轻人又坐在木箱上，手里捧着一本书，视线却没有落在书上，而是眼神空洞地望着远方。由里奈没有一直站在原地，但离开的脚步十分缓慢。昨天四目相对的情景今天并没有发生，但由里奈还是期待着对方能投来目光。可惜直到最后，年轻人也没有发现她。

过了一段时间，由里奈才得知那个年轻人的情况。一天晚饭时，父亲达夫和母亲聊天时提到："五月份招来的那个刚从高中毕业的男孩……"达夫称赞道，"真是相当能干啊。记忆力超群，动手能力也强，悟性更是没得说。咱们工厂可真是捡了个大便宜。这孩子几乎不需要指导，什么都会。一定要好好培养。"达夫动着筷子，满意地点了点头。

"既然是那么优秀的孩子，为什么不去上大学呢？"母亲一脸不解地问道。

父亲随即露出不耐烦的表情。"你刚才在听什么啊，我不是告诉过你他父母都死得早，现在孤身一人了吗？"

"啊，好像是这样，之后一直是他哥哥在抚养他吧？"

"不是哥哥是姐姐！他姐姐今年春天也去世了，那小子就不得不出来工作养活自己了。"

"对、对。唉……真是个可怜的孩子，但是他很了不起啊，一个人努力地生活着。"母亲露出感动的表情夸赞道。

听罢父母的对话，那个年轻人的脸庞又浮现在由里奈的脑海中。现在她多少知道他的表情为何如此阴郁了。由里奈想帮他走出困境，但苦无良策。

此后一段时间，由里奈没再见过那个年轻人。不久，暑假到了。

一天，由里奈正在房间里玩手机，父亲打来电话，说工厂的事务员有事请假，让由里奈去工厂临时承担电话接线员的工作。被员工们亲昵地称为"小友"的事务员，是一位温柔可亲的阿姨，不过她经常会以孩子生病为由请假。

"啊？又是我？我妈呢？"由里奈不满地问道。

"你妈妈反应太迟钝了，老是出差错，总之不太机灵。以前你来当电话接线员的时候，客户对你的评价可好了，说能听见年轻女孩的声音，心情都愉悦了。总之拜托你了，我会付你工资的啦。"父亲在有求于人时，语气温柔得让人感到有点不舒服。

由里奈觉得很麻烦，但能拿到钱就另当别论了。她也很明白父亲为何不找母亲帮忙。母亲干什么事都不得要领，接个电话也错误频出，交给她的确让人不放心，有时候连对方的姓名都还没确认，她就把电话挂了。

由里奈换上便装来到了工厂的办公室，准备一边接电话，一边借用小友的办公桌写暑假作业。听说到了三年级就没有作业了，可惜由里奈她们这些二年级的学生还是得写。

办公室里，形形色色的人出出进进，却没有人向由里奈搭话，因为大家都知道，她是厂长的女儿，今天只是临时来当接线员的。由里奈也毫不在意周围的环境。她从小就经常来这里，对她而言，这里就像家的一部分一样。

由里奈独自待在里面的时候，就算感觉到有人进来，她也不会抬起头来。她看着面前这道数学题，冥思苦想之后也没找到解题思路。如果不解开这道题就交作业，数学老师会有什么样的反应呢？要只是略加责备就好了，她盘算着。

"$\cos 2x = 2\cos^2 x - 1$。"忽然，上方传来了轻柔的说话声。

由里奈吃惊她抬起头，发现那个穿工作服的年轻人就站在身旁。由里奈吓了一跳，体温一下子升高了。

年轻人羞涩地摸了摸头，然后指了指摊开在桌子上的数学卷子。

"这是……加法定理。"

"啊……也许是吧……"由里奈回应道。她知道加法定理，却不知道怎样应用。

"我觉得这道题的难度不大。"年轻人看了看题目，说道。

"你能解开吗？"由里奈抬眼看着年轻人。

"应该可以。"年轻人答道。他拿起自动铅笔，站在原地飞快地写起算式来，看起来好像完全用不着思索，只是在抄写什么东西一样。或许在他大脑中有一块黑板，这道题目的答案早已刻在上面。"这样应该就可以了。"写完后，他说道。

由里奈看了看他写的答案，顿时瞪大了眼睛。"好厉害！"她称赞道，"你数学很棒吧？"

"啊，比其他好一点。"他腼腆地笑了笑。

"那，这道题你会吗？"由里奈指了指另外一道题。

他只是瞥了一眼设问，便又在解答栏里写了起来。和刚才一样，他甚至没有坐下，短短几分钟便把答案算出来了。

看来爸爸说得没错，他真的是个天才，由里奈想。"你真聪明啊！"

"这没有什么了不起的。对了，你是厂长家的千金吗？"

"是的……"由里奈小声答道，每次听到"厂长家的千金"这一称呼，她都会感到害羞。

"我是今年来工厂的古芝，请多多关照。"古芝向由里奈点头致意。他别在胸前的名牌上写着"古芝"二字。

"啊,也请你多多关照。"由里奈回应道。

此时,办公室的门开了,一位老员工探进头来。"走,干活去,伸吾!"

"是。"古芝应道。他向由里奈点了下头,向外走去。

由里奈看着古芝离去的背影,拿起了员工名册。他的全名是古芝伸吾。

两天后,由里奈算准了工厂的午休时间,拿着数学习题集再次来到自家的工厂。由里奈窥探着工厂内,发现伸吾在他往常待的那个地方。他刚刚吃完从便利店买来的便当,正在整理垃圾。此时的伸吾脱下了工作服,穿着一件半袖T恤,裸露在外的双臂让由里奈不敢正视。

真幸运,没有别的员工在场。今天很热,估计大家都在屋子里吧。

由里奈下定决心,向伸吾打了声招呼:"你好。"

伸吾将视线转向由里奈,微笑着回应道:"你好。"

"可以打扰你一下吗?"由里奈拿出数学习题集。

"啊……"伸吾好像明白了由里奈的意思,点了下头,"当然可以。"

二人并排坐在伸吾一直用来代替椅子的那个木箱上,由里奈指出自己无法解答的数学题。

"因式分解吗?这一类问题的解法是有定式的。"伸吾拿起自动铅笔，顺畅地把解法写在了笔记本上，一边写，一边一步一步地向由里奈讲解。

伸吾的讲解细致入微，很容易理解。由里奈甚至感到自己也不由得变得聪明起来了。

"除了数学，你还有哪科比较强呢？"由里奈问道。

"我物理和化学也很好，还有英语吧。"伸吾歪着头想了想，"相比之下，语文和社会就不太行了。"

"你是典型的理科生啊，不过你这么聪明，哪所大学应该都能考上。"话一出口，由里奈便意识到自己说错话了。

伸吾却没有流露出不快的表情，而是微笑着看了看时钟，站起身来。"我差不多该回家了，随时欢迎你来找我，能帮助你我也很高兴。"

"好的。"由里奈回应道。伸吾说他很高兴，这让由里奈欣喜不已。

从那以后，由里奈隔三岔五便去工厂让伸吾辅导自己学习。不管是多么难解的题目，伸吾都尽量讲解得简单易懂。他十分耐心，循循善诱，直到由里奈彻底理解。不仅如此，当由里奈怎么都不理解，想要放弃时，他也会劝道："只要放弃一次，就会滋生放弃的习性，原本可以解决的问题也会变得无法解决。"每次伸吾说完这句话，便会重新给由里奈讲解，直到她明白为止。

由里奈发现伸吾的行为都源自他的善良。除了父母，还没有人如此细心地照顾过自己，由里奈想。

一天晚上,父亲问由里奈:"你和古芝见面了吧?"他可能是听谁说起了。

"我只是请他帮我解决一下暑假作业啊。"由里奈噘起了嘴。

"你别露出这种表情,我又没有责备你,反而觉得这是件好事,因为那小子确实很聪明啊。我觉得就算有工作了,也还是边工作边上大学比较好,不过他自己没有这个念头,我也没办法。他现在一心扑在工作上,年纪轻轻的,真了不起啊。"

父亲说,伸吾为了尽早熟悉工作内容,下班后一个人留在工厂里,反复练习机器的操作方法和金属的加工技术。此外,他还去驾校学开车。

"只要那小子能顺利地成长起来,我们工厂可就万事大吉喽。"父亲对伸吾赞不绝口,一个劲儿地夸他。

不久之后的某天,父亲再次拜托由里奈去当接线员。

临近中午时,一名中年男子造访工厂。此人看起来四十岁上下,个子很高,戴着眼镜。此时,办公室里只有由里奈一人。

"请问这儿有一个叫古芝伸吾的年轻人吗?"男子问道。

听到伸吾的名字,由里奈莫名其妙地开始心跳加速。"有,但是他现在应该还在工作。我们工厂的午休从十二点十五分开始。"

此时刚过十二点,看来这名男子是想趁午休和伸吾见面。

"我是特意来见他的,在这儿等他一会儿可以吗?"

"啊……可以。不介意的话,请您在那儿等。"由里奈指了指办公隔板后的接待区。

"那我就不客气了。"中年男子向由里奈点了下头,走了过去。

按照规矩应该给来访的客人准备点喝的。由里奈把瓶装凉茶倒进玻璃杯,放在托盘上端了过去。中年男子没有坐下,正定睛看着并排放在架子上的金属加工品的样品。

"请用茶。"由里奈把玻璃杯放在了桌子上。

"啊……真是让你费心了。"男子不好意思地说,随后拿起架子上的样品,问道,"这是贵厂的产品吗?"

"啊,应该是的。"

"看上去应该是利用电火花加工方法做出来的东西,你知道用的是什么工具电极吗?"

"啊?"由里奈愣住了,男子说的话她完全听不懂。

"对不起,就当我没说吧。"男子察觉到由里奈困惑的样子,把样品放回到架子上,"对了,他最近过得如何?"

"您说的他是……"

"古芝,他最近有精神吗?"

"嗯,是的,我觉得他最近挺有精神的。"

"他适应工作了吗?"

"嗯……是的。我父亲还说他工作非常努力。"

由里奈的话让男子睁大了眼睛。"你是这家工厂的厂长千金吗?"

"是的。现在是暑假,所以我来帮帮忙。"

"原来如此。"男子点了点头,然后坐到椅子上,将白色塑料袋放到桌上。可以看出里面装的是硬盒便当似的东西,可能是给伸吾带的礼物吧。

他究竟是什么人呢?由里奈想问问他和伸吾是什么关系,却不知道如何开口,正抱着托盘沉默地站在那里,男子说道:"他是我的学弟。"

"啊?"

"古芝是和我念同一所高中的学弟,我们俩加入的社团也一样,他毕业之前,我作为OB曾给过他一些建议。"

"啊,原来是这样,您和古芝参加的是哪种运动的社团呢?"

"不是,是物理研究会这种土里土气的社团。"

"物理……啊,这个社团倒是和古芝很相称啊。"

男子正把杯子送到嘴边,闻言停下了动作。"没想到你还挺了解他的。"

"不……我也不是很清楚,只是因为大家都说他非常聪明,他也辅导过我。"

"学习?"

"是的,啊,但是,只是偶尔。"

男子望向由里奈,露出了意味深长的眼神。由里奈觉得自己的话有点多了,便向男子点头致意,离开了接待区。

不久,午休时间到了,看见工人们三三两两地从工厂里走出来,由里奈站起身。她从办公室里出来,看见古芝伸吾一个人走在路上。他总去附近的便利店里买便当。

由里奈上前打招呼,并告诉伸吾有客人来。

"客人?"

"是个比你年长许多的人,他说是你高中的前辈……还跟你是同一个社团的……"

"啊……"伸吾点了点头,好像已经猜到是谁来了。

伸吾走进了办公室,由里奈也跟随其后。

接待区中,伸吾和那名男子面对面,二人相视而笑,可见重逢的喜悦。看到这样的情景,由里奈不禁放下心来。

由里奈为伸吾端去凉茶时,听到了二人的谈话内容。伸吾称呼男子为"汤川老师",所以由里奈推断汤川的职业应该是教师。

她坐回到自己的位置上,达夫便过来问道:"那是?"

"好像是古芝的学长。"由里奈轻声回应道。

"嗯……真是年长很多的学长啊。"

"好像还是他们社团的OB,物理研究会的。"

"物理?和那小子很相称啊。"达夫说了由里奈刚刚说过的话。

大约二十分钟后,伸吾和汤川的谈话结束了,伸吾鞠躬道别。汤川离开的时候,向由里奈等人点了点头。

随后,由里奈也走了出来,看到伸吾站在一栋建筑物的阴凉处,手里拿着汤川给他带的便当。他并没有吃,而是像在专心思考着什么。他脸色阴沉,看上去有些痛苦。由里奈没有上前。

不久,暑假结束,第二学期开始了。一天,远房亲戚来东京做客，由里奈一家三口和亲戚一起出去吃了晚饭，回家时已经是晚上十一点了。走到家门口时，只见一个人影立在那里。由里奈立刻就认出了他，不禁轻呼出声。

"古芝，"达夫也很诧异，"有什么事吗？"

伸吾急忙点头行礼，说道："我是来还钥匙的。"

"钥匙？啊……办公室的钥匙吗？我不是跟你说过，今晚我们一家要出门，所以你把钥匙拿回家也没关系吗？"

"是的。但我觉得这个时间你们差不多该回来了，所以就来还了。"伸吾说着，递出了钥匙。

"那谢谢你了。你一直工作到这么晚吗？别勉强自己啊。"

"刚才不知不觉就干得入迷了，我没关系的。那，各位晚安。"

"嗯，晚安。"

伸吾看向由里奈，再次低头行礼，然后快速转过身，向前走去。目送着他的背影，达夫嘟囔道："真是个了不起的孩子。看来他每天晚上都加班到很晚。正因如此，工厂的机器他基本上都能运用自如了。大家都赞叹他已经是顶级的技术工人了。"

"太好了，只是支付他不高的工资，他却能和那些老手一样工作。"由里奈的母亲说道。

"我们能这么轻松，也就是现在了。一直给他这么少的工资，他会离开这里的。现在的年轻人啊，可都不讲情面。"

达夫的话在由里奈心里掀起了波澜。古芝伸吾这个人有可能什么时候就突然不见了——她意识到了这件理所当然的事。

由里奈决定窥探一下伸吾的状况,是在大概一个月之后。她听说当天晚上伸吾会像以往一样在工厂里加班,研习金属加工技术。由里奈对于伸吾究竟在干什么一点兴趣也没有,她只是想静静地和伸吾独处。

由里奈悄悄地从家里溜出来,朝工厂的方向走去。途经便利店时,她买了热茶和饭团,打算作为慰问品带给伸吾。

由里奈没有在工厂里发现伸吾的身影。她惊讶地向四周张望,看见已经很少使用、现在用来代替仓库的小作坊里露出了一点亮光。她走近小作坊,透过门缝向内窥视。

穿着工作服的伸吾正在里面,但既没有操作机器,也没有练习金属加工技术。放在他面前的,是由里奈从来没见过的东西:长长的金属板、粗电缆、看上去很复杂的电机,杂乱无章地组合在一起。不,由里奈认为也许并非杂乱无章。

不久,伸吾从那个不可思议的东西旁边走开,带上了护目镜。由里奈察觉到伸吾接下来可能要做一件危险的事。

一瞬间,伴随着爆炸的声音,那个东西开始火星四溅。响声惊得由里奈的身体僵住了,闪现的强光令她头晕目眩,手中的购物袋也掉在了地上。

5

餐桌上的饭菜和自助酒水还剩下不少,但已经没人动筷子,也没人往空杯子里倒酒了。

"都喝不动了吗,各位?差不多要到了,不要浪费了这些酒菜,继续吃啊!"加入公司第三年、担任干事的职员招呼道。

"不、不,已经吃不下了。"伸开双腿坐在榻榻米上的前辈说道,他已经喝得面红耳赤了,"这儿的天妇罗真好吃,没想到量还这么大。"

"是啊。"旁边的女职员随声应道,"本想快点把新年前后这段时间长的肉减下去,现在这样会越来越胖的,到时候该怎么办啊?"

"哈哈……"另一个职员笑了起来。

"你虽这么说,但新年那几天,不是还有很多女子会等着你参加呢嘛。"

"那个啊,没关系!因为我会认真地选择餐馆。最近我只吃减肥食谱上的菜，或胶原蛋白火锅之类的，但今天的菜都是高卡路里的东西。"

"被批评啦。喂，干事，你倒是说点什么啊！"

年轻干事挠了挠头。"搞砸了啊，但我也是考虑了菜的品质而做出选择的。没关系，如果大家都吃饱喝足了，接下来请欣赏窗外的美景！大家都看到了吗？我们已经到了。"

在年轻干事的催促下，参加聚会的十八个人一齐将目光投向窗外。

今晚，公司的这场新年聚会举办于隅田川中缓缓前行的一条屋形船上。被任命为干事的年轻职员应大家的期望，租了一条屋形船。

今晚八点半起航时，各式各样的霓虹灯使隅田川沿岸的夜景绚丽夺目。将近十一点的时候，灯光依旧明亮，与宴会的时间十分契合。

"今年一定会是风调雨顺的一年！"科长眺望着远方，感慨地说。

"会怎样呢……"一名老员工歪着头说，"虽说首相在电视里说了'今年要认真落实经济复苏政策'……"

"那家伙去年也是这么说的，这不就像拜年嘛，和说'祝各位新年快乐'一样。"

"就是说今年也不会有什么反响了。"

"是啊。反正别对政策过于期待，咱们自己努力就行了。"

众人的对话渐渐接近尾声。

"科长，作为今晚年会的总结，给大家致个辞吧！"年轻干事说道。

"啊，好的。"

全体员工随即严肃了起来。

科长清了清嗓子，环视着众人。"嗯……虽然去年发生了许多事，但咱们科还是顺利地达成了目标，并取得了不错的成果。今年会怎么样还不知道，但是咱们要继续团结一致，对于困难——"

这时，忽然传来一声类似爆炸的巨响，好像是从操舵室发出的。紧接着，众人开始骚动起来。

发生什么事了？年轻干事打算去探明情况。他正走着，差点撞上一个满脸惊慌的船员。他继续走上前去，顿时倒吸了一口凉气——操舵室浓烟滚滚。

6

下了警车,身体还是不由自主地发抖。虽说女儿节①已过,气温仍低如隆冬。

"哒……好冷啊,为什么今年到现在还这么冷?真怀念暖冬哪。"草薙一边抱怨,一边缩着脖子往前走。

"您说这种话,会被汤川老师骂的。"同行的内海薰提到了草薙好友的名字,"汤川老师可是发自内心地为地球温室效应而忧虑呢。"

"嗯……说起来,造成全球变暖的不正是那些科学家嘛。"

"这一点他好像也承认,还说科学家们应该好好反省反省。"

"嘿,这么稀奇。"

"他前几天还说'不论研发出多么先进的科学技术,如果使用者很愚蠢,这个世界就完了。必须铭记这句话'。"

---

①每年的3月3日,通过在家中摆放女儿节人偶等庆祝活动,以祝愿女孩子健康成长。

"嗯，这倒是像那家伙说的话。"

案发公寓位于向岛。入口处站着几名警察，正在对出入人员进行检查，估计已经对这里的住户造成了困扰。

"真是幢老旧的公寓，没装自动锁吗？"草薙抬头仰望建筑，叹着气说道。灰色的外墙上布满裂缝。

"看起来对监控摄像头也不用抱什么希望了。"内海薰说出了草薙正惦记着的事。

案发现场在三楼的一个房间。鉴定科的人已经基本完成了主要工作。草薙等人进入房间，尸体已经被搬出去了。

"您辛苦了。"先来到这里的后辈岸谷点头致意。

"这房间够乱的啊。"环顾四周后，草薙说道。

这是个一居室。客厅的大半部分被分出来作为办公间使用，墙上钉着铁制架子，上面摆放着资料册和一些书。办公桌上，除了电脑前，堆满了书和文件。桌脚边也堆放着同样的东西。椅子的靠背上搭着一件灰色的西服和一件皱巴巴的衬衫。放在房间角落的小餐桌看起来只够两个人用餐，上面放着已经空了的瓶装乌龙茶和一次性纸杯。

根据岸谷所说，被害人是一个名叫长冈修的男子，三十八岁。

"被害人穿着运动服和牛仔裤，钱包没有被盗，驾照在里面。名片夹也找到了，看起来好像是个自由撰稿人。"

"是谁发现的尸体？"

"和被害人交往的女子。她从两天前就联系不上长冈了，发信息也没有回应,有点担心,便到长冈家来看看情况,结果发现长冈倒在地上。她有长冈家的备用钥匙。"

"嗯……"草薙看着那个用细绳围成的表示被害人姿势的绳圈,"那名女子现在在哪儿?"

"在医院,受了很大刺激,现在好像还不能找她问话。"

"这也难怪。"草薙表示认可,"亏她还能报警。"

"听说是竭尽全力拨通了一一〇[①],她当时泣不成声,连地址都说不清楚。"

"那后来呢?"

"幸运的是,她用这个房间的固定电话报的警,可以定位出具体位置。附近派出所的警察立刻赶来,初步了解了情况。"

"原来如此。"草薙看向办公桌旁,那里的柜子上放着一台传真机。也许是因为工作的关系,必须要有固定电话吧。"死因是什么?"

"看起来是被勒死的,被害人脖子上留下了从后方绞勒的痕迹。"

"凶器呢?"

"没找到。据鉴定科的人说,应该是比较宽的布条,有可能是领带之类的东西。"

"凶器被凶手带离现场了吗?"

"恐怕是的。"

---

①在日本,110是报警电话。

"指纹呢？"

"发现了几组不属于被害人的指纹。但是，到处都有被棉纺织物擦拭过的痕迹，比如那个小餐桌。"

草薙皱起眉，鼻子上显现出了皱纹。看来想用指纹来锁定凶手是不可能了。

"手机找到了吗？智能手机或平板电脑之类的。"

"目前还没找到，可能也被凶手带走了。"

"那就没办法了。"草薙边说边点了点头。钱包没被偷走，很有可能是熟人作案。凶手应该是不想留下信息或是电话记录之类的线索，所以把这些痕迹全都抹除了。

内海薰和一名年轻的鉴定人员在电脑前说着什么，她手中拿着一张小小的存储卡。

"这是什么？"草薙问道。

"放在案发现场的电脑旁的。让鉴定科确认一下内容行吗？"

"去吧！"

草薙说完，那名年轻的鉴定人员便从内海薰手中接过存储卡插入电脑的卡槽，然后熟练地敲打着键盘。不久，液晶显示屏上就出现了奇异的影像。

"这是什么啊？"草薙不由自主地嘟囔道。

画面非常昏暗，拍摄的好像是一个类似仓库的建筑物，能看清灰色的外墙。画面中没有人。

"显示的拍摄日期是二月二十一日凌晨一点多……是深夜啊。"

拍的是哪儿呢?"

"嗯……"面对内海薰的疑问,草薙无心地回应道。这时,画面的中心突然变白了,烟雾腾空而起。

"这是什么东西?"草薙凑近屏幕。

不久,烟雾逐渐消散。能模糊地看到建筑物时,内海薰忽然惊叫了一声。

建筑物的墙上出现了一个洞。

向岛警察局针对此案设立了特别搜查本部。这很明显是一起杀人案。案发现场的房门被锁上了,屋内没有找到钥匙,很有可能是凶手行凶后,为了拖延尸体被发现的时间而锁上了门。

死因是窒息。被害人被发现时,大概已经死亡四十到五十个小时了。根据尸体上残存的纤维的化验结果判断,凶器很有可能是领带。

"被害人是在室内被人从背后勒死的吧。现场好像没有打斗过的痕迹,应该是凶手趁其不备突然发起袭击的。这毫无疑问是熟人作案。"草薙的上司间宫抱着胳膊说道。侦查会议开始前,间宫把直属部下都召集过来,共同商量调查的大致方向。间宫担任本次侦查会议的负责人。

"预谋杀人的可能性大吗?"草薙问道。

"还不好说。"

"我认为这很可能是冲动杀人。"

"哦？有根据吗？"

"椅子的靠背上搭着被害人脱下来的一件西服和一件衬衫，但我们并没有找到领带。西服和衬衫都是脱下来后随手一放，唯独把领带收起来，这不符合常理。我认为凶手是用领带行凶后将其带离了现场。可见，凶手事先并没有特意准备凶器。"

间宫目不转睛地看着草薙。"你还挺敏锐的。"

"现在还不能断定……"

"不，我同意你的看法，问题在于动机。熟悉到可以在家里见面的人，竟会一时冲动产生杀机，当时究竟发生了什么？"

"也许被害人说了让凶手始料未及的话吧，比如威胁之类的。"

"被害人威胁了凶手吗？"

"我只是打个比方。"草薙说道，"被害人可是自由撰稿人，从事这种职业的人想要知道别人的秘密简直太容易了。"

"嗯。最近被害人在挖掘什么新闻素材，先把这一点弄清楚吧。"间宫想拔掉一根鼻毛，却用力过大，疼得他皱起了眉头。

"重点留意和被害人在工作上有交集的人，编辑啊新闻记者之类的。还有，遗留在被害人家中的资料先都搬回来了，依次调查一下吧，因为资料非常多，需要分配一部分人手。"

"这也没办法啊。然后是对案发现场附近居民进行询问，还有调查监控摄像头，并把被害人的人际关系弄清楚，就先查这些吧。"

"是。虽然没找到被害人的手机，不过从收据可以看出被害人使用的是智能机。我们已经拜托手机运营商对手机的特定场所进行定位,但我想凶手也不是白痴,还是不要抱太大希望。关于通话记录,我们也申请了调查。"

草薙说完后,一个声音从旁边插了进来:"那个到底是什么东西?"是内海薰。

"哪个?"

"就是从被害人家里找到的存储卡中的影像,建筑物的墙突然破了一个洞的怪异视频。"

"那个和案子有关吗?"草薙说。

"还不能断定。"

"你们在说什么?"间宫问道。草薙便把存储卡的事向间宫做了说明。神色严肃的间宫考虑了大概十秒后,说道:"别在侦查会议上说出来,你私下调查吧。"

草薙说着"我知道了",心里却发着牢骚:每次都把这些麻烦的问题硬塞给别人。

很快,管理官[①]和局长也现身了,第一次侦查会议正式开始。本次会议负责人间宫对事件的概要进行了说明,其间还不时插入了一些他的个人见解。当说到他认为被害人将西服放在椅背上,却单单将领带收起来很不合理时,草薙听得快从椅子上滑下去了。

[①]警视厅下属各科内的三号人物,位列科长和理事官之后。搜查一科的管理官在重大案件发生时负责在管辖案发地的警察局设立搜查本部,现场指挥。

7

正式调查于发现尸体的第二天早上开始。内海薰奉命去询问被害人长冈修的女朋友。听说她已经出院了,内海薰和她联络之后,前往她位于丰洲的公寓。

这是一套雅致的一居室,二人隔着餐桌相对而坐。

长冈的女朋友名叫渡边清美,是美容整形外科医院的前台接待员,在某次采访中与长冈相识。

"听说您是无法与长冈先生取得联络,才前往他的公寓的?"

听到薰的问题,渡边清美脸色苍白地点了点头。"我们约好要一起吃饭,他应该会主动联络我,但一直都没动静,我觉得很奇怪便给他打了电话,可是一直无法接通,给他发信息他也不回……这种事从来没有发生过,于是我向公司请了假,去他家看看情况。"

"您到达案发现场大概是几点?"

"大概是……下午四点左右吧。"

在警视厅的通信指令室里保存的记录显示,渡边清美报警的时间是下午四点十三分。发现尸体时,她非常慌乱,但记忆大体准确。

"您所说的我了解了。我们认为这次的事件是他杀,也就是故意杀人的可能性很大,目前我们正在极力搜捕凶手。请问您有没有什么线索?比如,长冈先生最近因为什么事而烦恼,或是看起来在害怕什么事?"

渡边清美无力地摇了摇头。"都没发现,我也想问问他。"

"您最后一次和长冈先生见面,是什么时候呢?"

"上上周的周五吧,因为……嗯……"

薰看了一眼笔记本上的日历。"是二月二十日吧?"

"啊,是的,他那天来这儿找我了。"

"当时他有什么地方不对劲吗?"

"我觉得没有,但因为见面时间很短,可能我没有注意到吧。"

"为什么见面时间很短?"

"那天,应该是晚上十一点左右,他突然给我打电话,问我现在可不可以过来,还说是因为半夜有个取材必须要去,现在正好有空。我同意后不久,他便来了。他离开这儿的时候是十二点左右,我们在一起的时间应该不到一个小时吧。"

"取材的时间可真够晚的,取材内容是什么,您知道吗?"

"我没有问,可能是去什么地方蹲点了吧。"

"蹲点?"

"为了争取独家新闻，蹲守在演员或名人之类的人常常出现的地方是常有的事。那天晚上，他也带着取材时经常随身背的小背包。"

"真是份辛苦的工作啊，看起来和我们警察差不多。"

"是啊。"渡边清美微微侧了侧头，"他当时好像说了一句很奇怪的话。"

"他说了什么？"

"好像是'那个年轻人好厉害'……啊，不对，也可能是'那个年轻人好恐怖'。"

薰反复嘟囔着长冈的话，然后问道："您觉得他说这句话是什么意思呢？"

"我不知道。我也问过他这句话是什么意思，但他回答没什么，我就没再问。"

薰打开笔记本，目光落在第一条笔记上——"2月21日，1:14"，是那个怪异视频的拍摄时间。根据刚才渡边清美所言，长冈修二十日晚上造访清美的公寓，此后很可能是去某个地方拍下了那个视频。"您没有问过他当时要去的地方吗？"

"没有……"

薰拿出手机。"有个东西想请您看看。"

"什么？"

薰操作着手机。她已把墙上忽然破了个洞的怪异视频存到了这部手机里。她把手机屏幕举到渡边清美面前，按下了播放键。"您对这段视频有印象吗？"

渡边清美困惑地摇了摇头。"这是我第一次看。"

"视频中拍的地方是哪儿，您有什么头绪吗？"

"我不知道，这是什么视频？"

"是在长冈先生家找到的。具体是什么视频，我们目前也不知道。请您再好好想想。可以推断长冈先生二十日晚上从这儿离开后拍摄了这段视频。您真的什么都不知道吗？"

"不知道，我不知道，真的！"渡边清美带着哭腔说道。

薰把手机放回包里。"您最后一次和长冈先生见面是在二月二十日晚，从那以后，您和长冈先生有没有通过电话或是发信息交流过呢？"

"没有通过电话，给他发过几次信息。"

"什么内容呢？不知道您是否方便透露？"

"没什么不方便的……您要看吗？"

"要是能让我看看聊天记录，那就帮大忙了。"

渡边清美操作着手机，找出了自己和长冈的来往信息。薰看了看，其中虽没有重要内容，长冈的信息中经常出现的两个字母——ST引起了薰的注意。'正在进行有关ST的调查''正带着ST的资料往回赶'之类的信息不在少数。

"您知道ST是什么吗？"薰问道。

"嗯。"渡边清美点了点头，"超级科技新城，您听说过吗？"

"超级科技新城……好像在哪里听到过，是什么呢？"

听到内海薰的话,渡边清美的嘴角泛起一丝落寞的微笑。"他经常提起这件事。估计除了当地人之外,没有人会关心这种事,我也是从他口中得知的。"

"对不起,我功课没做足,您能说明一下吗?"

"是正在光原町建造的综合设施。"

"光原町……"内海薰随即说出了关东北部某县的县名。

"对,就是那儿。"渡边清美说道,"我也不知道具体情况,但现在那儿好像变成了日本最先进科学技术的基地,大学和科学研究设施都囊括其中。"

模糊的记忆慢慢浮现在薰的脑海中,她隐约记得有人对她说过此事。"长冈先生经常为这事进行取材吗?"

"是的,他还参与了反对运动。"

"反对运动?"

"他是土生土长的光原町人,因此开始了对超级科技新城的取材。但他渐渐发现其中存在很多问题,便参与起了反对运动。"

"关于这件事,近来有没有什么奇怪的地方?您听说过这方面的消息吗?"

渡边清美把手贴在额头上思考了一会儿,最后还是无力地摇了摇头。"没有什么印象,他很少对我说工作上的事。"

"长冈先生这种职业,不可避免地会进行一些具有危险性的采访工作,与此相关的内容,您听说过吗?"

"没有。即使真的有危险,我也不知道。"渡边清美的语气中透露出些许不耐烦。她并不是反感内海薰的询问,而是因自己对恋人的状况不甚了了而感到生气吧。

"那么我再问最后一个问题。刚才,您提到了一个背包,您说长冈先生取材时经常随身背着它。那您知道背包里都装着些什么吗?比如说笔记本或数码相机之类的。"

"有一个笔记本,黑色封面,很厚。也有数码相机,型号我记不清了。他说过录音笔也是采访的必需品,至少要带两个。最近还会随身携带平板电脑。"

"平板电脑吗……"

笔记本、数码相机、录音笔、平板电脑——在长冈修家里发现的背包中,一样也没有。

8

"果然提到了那件事吗?"听完内海薰的报告,草薙愁眉苦脸地说道,"超级科技新城计划。"

"果然?"

草薙的目光落在了手边的文件上。"超级科技新城计划是将光原町建为最尖端科学技术研究所聚集地的计划。不仅是研究人员的住所,利用尖端科技建造的游乐场也在这个计划内,好像还有住宿设施。他们的标语是'欢迎来到科学之城',真够土的。"

内海薰苦笑道:"作为一个文科出身的人,这还真是个光听听就让人反胃的计划。"

"我跟你有同感。我们调查了被害人屋里的资料和电脑,发现了大量和超级科技新城计划有关的东西。我觉得这就是他目前的取材目标。"

"据渡边所说,在光原町土生土长的长冈,是反对这个计划的。"

"是啊。你看看这个，"草薙把一份文件递给内海薰，"这是长冈电脑里保留下来的文档的打印稿。"

"《关于 ST 计划》……"内海薰读出了文章的标题。

"这里记述了超级科技新城的详细计划、计划诞生的原委、拟定计划的相关人物和企业，以及他们之间错综复杂的关系。读完这个，你就会知道长冈进行了多么周密的调查。"

作为自由撰稿人的长冈，是几家周刊和杂志社的签约记者，从事的工作也形形色色。但是他对所承接的大部分工作并不感兴趣，只有关于超级科技新城计划的调查是出于他自身的意志。正如内海薰所说，这和他是土生土长的光原町人有关。

电脑中还有一篇报道被保留了下来。长冈在那篇报道中指出，超级科技新城的维护费用应该很高，最终可能会面临税金被白白浪费的困局；在全国范围内招揽各个科研机关，但究竟能招揽多少目前还不明了，是否可以成为最尖端科技的研究基地也不知道。最重要的问题，还是该计划对于当地生态环境的破坏。预定的施工区域内，有好几处野生生物保护区。一旦开始施工，光原町的生态系统恐怕会遭到严重破坏。其中，预定在系山地区建造通称为 G 栋的建筑，是研究高放射性玻璃固化体地质处置的设施。万一发生重大事故，放射性物质恐怕会泄漏到外部。长冈很重视这些问题。

"喂！"间宫招呼道。

草薙和内海薰一齐站到上司的面前。

"怎么样,被害人女友那边的情况如何?"间宫问。

内海薰把渡边清美的话概括了一遍。

"好像没什么重要线索。"间宫失望地说道。

"不光是手机和平板电脑,连笔记本和录音笔这类采访用具,都在被害人家里消失了,果然很蹊跷啊。"草薙说道,"应该是被凶手带走了,可见这些东西中有对凶手不利的内容,这么想没错吧?"

"有这种可能。"一脸为难的间宫抱着胳膊,随即抬起头看着草薙二人,说道,"刚才送来一份报告,被害人一直锲而不舍地调查的对象,好像不仅仅是超级科技新城计划,还有大贺议员个人的事。"

"您说的大贺议员,指的是大贺仁策吗?原文部科学大臣?"一头雾水的内海薰问道。

"对,他是超级科技新城计划的发起者。"草薙答道,"他的老家也是光原町。"

"哦。"

"这是他担任文部科学大臣时就有的宏图大志——把没有大型企业的山村变成最尖端科技的研究基地。"草薙说完,把目光重新投向间宫,"有什么新发现吗?"

"过往与大贺议员有关的公共事业,好像被人周密地调查过。议员的办公室、后援会、与其相关的系列产业,也曾被采访。可能是想发现一些不正当行为,以此让超级科技新城计划彻底落空。"

"不愧是职业记者,行动力真是可怕。查出什么了吗?"

"怎么说呢,虽然对相关人员进行了详尽的调查,现在还没有发现什么可疑的地方,只是——"间宫拿起放在旁边的资料册,"在他电脑里发现了几张奇怪的照片。"

"照片?"

"就是这个。"间宫从资料册里拿出两张照片,放在桌子上。照片是从后方拍摄的一辆行驶中的汽车。其中一张的拍摄地点是街上,另外一张是驶入某地停车场时的样子。"这样的照片总共有二十多张,拍的是同一辆车,而且都是从后方拍摄的。根据车牌号已经判明车的主人就是大贺议员。从照片的拍摄日期看,最早的是近两年前照的了。恐怕是跟踪拍摄。"

草薙点了点头。"想要在受贿现场抓个现行吗?"

"怎么可能?"间宫皱着眉摆了摆手,"光是跟踪就能捕捉到这么大的新闻吗?我估计他是在调查大贺议员的私生活,想抓到什么丑闻。"

"情妇之类的?"

"很有可能。这种家伙,那方面的欲望可是很旺盛的。"间宫说着,把照片收回资料册,"不管怎么样,先去问问本人吧。"

"本人是指大贺仁策吗?"

"别把'议员'这个称呼给扔了啊。除了他还有谁?放心吧,拿到上面的许可了。"

"这可太好了,但是派谁去呢?要是派个警衔较低的警察,是不是显得有点失礼?"

"那当然了,最低也得是警部补①啊。"间宫指了指草薙的鼻尖,"也就是说,你去。"

"啊?"

"别担心,我跟你一起去。"

"这可伤脑筋了,我不擅长对付政治家啊。"草薙沮丧地说道。

"嗯……"内海薰说道,"我插一句行吗?"

"什么事?"间宫问道。

"我还是有些在意那段怪异的影像。在长冈家发现的存储卡里的视频中,建筑物的墙突然就破了个洞,这不奇怪吗?"

"那个啊,"间宫有些厌烦地说道,"你真是被视频限制住了,那东西怎么了?"

"视频中显示了拍摄日期,是二月二十一日,凌晨一点多。"

"是吗?那又怎么了?"

"渡边清美最后一次和长冈见面是在二十日晚,因为他说去取材前还有富余时间,便去了渡边清美那里。"

一丝关心的表情浮现在间宫的脸上。"你的意思是,他们见面发生在他拍摄这段视频以前?"

---

① 日本警察的警衔由上向下分为警视总监、警视监、警视长、警视正、警视、警部、警部补、巡查部长、巡查。此外,在非正式的场合下,对资历较老的巡查可称为"巡查长"。

"没错。他当夜所进行的取材,我认为就是这段视频。"

"有可能。然后呢?"

"据渡边说,长冈当晚对她说了一句很奇怪的话,好像是'那个年轻人好恐怖'之类的。"

"啊?"间宫咧着嘴,"说的是什么啊?"

"我也不知道,但我很在意。出于某种原因,长冈拍下了那段视频。说起来,拍的到底是什么呢?"

不知道该如何作答的间宫沉默不语,这时,另一名侦查员走了进来,在间宫耳边低声说着什么。

草薙向内海薰使了个眼色,二人随即打算离开,却被间宫叫住了。"有个地方,想派你们俩去一趟。"

9

踏入这幢建筑物时,一股熟悉的异味扑面而来,是各种药品混杂在一起散发出的味道。最开始来的时候,对这种异味还十分反感,现在已经渐渐习惯了,倒不如说,甚至能让头脑清醒。产生这种感觉,全都是受接下来要见到的那个人的影响。

那扇门还是老样子,挂着一块去向告知板。上面的磁铁表示要见的那个人正在室内。草薙看了一眼内海薰,用下巴指了指门,意思是让薰去敲门。薰右手握拳,在门上敲了两下。

"请进。"声音从室内传出。

"打扰了。"内海薰推开门。

这间实验室的主人——汤川学,此时正坐在桌前,背对着他们。草薙走近汤川,不经意地看向桌子,吓了一跳。只见一张X光片放在桌上,照的是胸腔。

"你这家伙什么时候变成医生了?"

"癌细胞比正常的细胞更怕热。"汤川开始说道,"让磁性纳米粒子聚集于癌细胞,再从人体外附加高频磁场,诱导电流产生的热量可以达到只将癌细胞烧死的目的。我们正在和医学部合作进行这项研究。"

"噢,利用物理学治疗癌症。"

"所以我现在特别忙。"汤川迅速转了下椅子,面向他们,"接到电话的时候我可是大吃一惊,我还以为你们俩以后再也不会来了呢。"

"不是我们想来,这次是上面的命令,我们不能违抗。"

"哦,那你的上司有何指示?"汤川起身,走到操作台旁,看了看并排放置的马克杯,看样子是想像往常一样冲几杯速溶咖啡。

草薙在操作台旁的椅子上坐下来。"你认识一个叫长冈修的人吗?"

"长冈……"汤川正往杯子里倒咖啡粉的手停了下来。

"你应该见过,大概两周前,他给你打过电话吧?"

"嗯。"汤川慢悠悠地点了点头,"那个人……这么说来,他好像是自称姓长冈,他怎么了?"

"他被杀了,两天前发现了尸体。"

汤川的手再次停了下来,他看着草薙问道:"凶手是谁?"

"目前还没查明,正在调查。"

汤川深呼吸,然后拿起电热水壶,往马克杯里倒入开水。"然后呢?你们该不会是在怀疑我吧?"

"怎么可能！不过还是有必要找你了解情况。"

汤川端起两个马克杯，放到了操作台上。"我最近买了不少新的马克杯。内海就用这个黄色的吧，你用这个。"

"这颜色真怪。"草薙说着，拿起了手边的马克杯。这杯子的颜色既不是红色，又不是棕色。

"这种颜色叫桑葚紫，用这种颜色的杯子的人少得可怜哪。"汤川走回操作台，拿起一个黑色的马克杯，"你们怎么知道长冈来找过我？"

"我们在他手机的通话记录中发现了帝都大学的电话号码，通话时间是二月二十三日，还在他的名片夹中找到了你的名片。"

"原来是这么回事，听上去并不复杂。"汤川走回自己的转椅前，坐了下来。

"长冈来过这里吗？"

"嗯。他给我打了通电话，说有事求教。那天我正好有空，就让他来了。"

"他向你请教了什么问题？"

"不会有人跑到我这儿来打听娱乐圈或体育界的花边新闻，当然是和物理现象相关的问题了。"

"具体说说。"

汤川"呵呵"轻笑了一声。"就算说给你听，你也理解不了。"

草薙很生气，正不知该如何回应时，内海薰开口道："老师，莫非您和长冈当时谈的是这个吗？"说着，她把手机中那段怪异的视频播放给汤川看。

草薙也从一旁看着手机屏幕。此时显示的，正是建筑物外墙上破了个洞的视频。

汤川的目光严肃起来。"你是在哪儿找到这个的？"

"在长冈的公寓里发现的，视频存在一张存储卡里。"

"是吗……"

"怎么样？长冈当时给您看的就是这段视频吧？"

汤川喝了口咖啡，点了点头。"你说得没错。他问我知不知道其中所拍的到底是什么物理现象。最近，像这样来让我解释各种稀奇古怪现象的人越来越多，好像大家都把我当成研究奇异现象的专家了。不用说，这都是你们的错。"

"所以你最近不是尽量在避免卷入什么麻烦事吗？"草薙不耐烦地说道。

"不是尽量，而是绝对。"

"老师，那天您是怎么回答长冈的呢？"内海薰拉回话题。

"没什么。"汤川冷淡地摇了摇头，"只有这一段视频，我无法清楚地解释，我也是这样回答长冈的。"

"那长冈有没有对您说过关于这段视频的什么事情呢？比如说他是在哪里拍的或是怎么拍的？"

"没有，他什么都没说。我也没有问这视频是不是他自己拍的。"

"老师您说自己无法清楚地解释，那您能想到些什么呢？"

"想到些什么？"

"比如……激光之类的。"

"激光？"汤川藏在镜片后的双眼忽然睁大了，"这可真是个奇特的见解。"

"我听草薙前辈说过，以前曾发生过有人头发突然自燃的案件，当时老师您看穿了利用激光的手法。"

"确实有过这种事。"汤川嗤笑着看了看草薙，又把目光投向内海薰，"但是很遗憾，激光不可能把墙轰出一个大洞，只能让它照射的部分燃烧而已。"

"这样吗……"

"我当时对长冈说，从这段影像可以判断出是某种东西爆炸，把墙炸出了个洞，但如果不去现场查看状况，我无法得出更准确的结论。"

"那他说了什么？"

"他说了一句'是吗'，然后就离开了，仅此而已。"汤川说完，看向草薙，"还有别的问题吗？"

"之后长冈又和你联络过吗？"草薙问道。

"没有，所以我连他姓什么都忘了。"

"这样啊。"草薙喝干咖啡，放下了杯子。

"你们是不是不仅没查出凶手是谁，连杀人动机是什么也还不清楚啊？"汤川说道。

"是的。"草薙站起身，突然想到了什么，"啊，对了，你听说过超级科技新城计划吗?"

汤川的眉毛动了一下。"光原町那个?"

"你果然知道啊。"草薙回过头看了一眼内海薰,"听说是另一个世界,在科学界很有名。"

"那个计划怎么了?"

"长冈因反对那个计划收集了各种材料,不知和这次的案件有没有关系。"

"嗯,也许有关吧……"汤川的目光飘向远处。他很少露出这样的表情。

"怎么了?关于超级科技新城的事,是不是长冈对你说了些什么?"

"不,这倒没有,他完全没提过那个计划。问完了吗?如果没有别的事,我要开始工作了。"说完,汤川便收拾起草薙二人的马克杯。

"我知道了,打扰你了。"草薙向内海薰使了个眼色,朝门口走去。

10

铁丝网门上挂着"闲人免进"的警示牌。他从小就养成了这种越是看见不让进的提示牌,就越想进去瞧瞧的性格。里面究竟有什么有趣的东西呢?他暗自期待,结果却总是令他失望,被发现后遭到叱责的情况也不在少数。

但这里不一样,是他的秘密基地,能找到它真是太好了。

"悟,真的没关系吗?"身后的美嘉不安地问道。

"没关系,这么晚了不会有人的。"

悟把手按在门上,因为锁早就坏了,轻轻一推门便打开了。他推着停在身旁的摩托车走了进去。美嘉则小心翼翼地紧随其后。

"好暗啊。"

"是吧?所以我才嘱咐你带小手电筒来啊。"

"啊,这样啊。"美嘉从包里拿出手电筒打开,脚边顿时被照亮了。

左边是一面长长的混凝土墙,可能是为了水位增高时用作堤坝而建的，右边是一条河。

墙的前面放了一个瓦楞纸箱，可能是用来装洗衣机的，看上去相当大，真是个合适的记号。悟把摩托车停在纸箱前，万一手电筒没电了，这个纸箱也能轻而易举地在黑暗中找到。

悟从美嘉手中拿过手电筒，照着前方走了起来。途中，他搂住美嘉的肩膀，将她拉到身旁。"冷吗？"

"没关系，靠在你身上就感觉好温暖。"

悟停住脚步，关掉手电筒。周围顿时变得漆黑一片，但在黑暗中也有能看清的东西。"你看天空。"

美嘉轻应一声，抬头仰望，"啊，真美啊！"

夜空中繁星闪烁。悟是确认了今夜是晴天后才把美嘉带来的。如果不能让美嘉感动，就白花这么多心思了。

"是不是很像宝石？"

"嗯……啊，是啊。"

这是什么反应呀！悟很失望，但也没办法，这毕竟是东京的天空。悟把手伸进羽绒服的口袋，捏住一个小小的盒子，慢慢掏出来。他就是为了这一瞬间，才筹划了今晚的约会。求婚时的话语，他花了一晚上冥思苦想。他还写在纸上，为了今夜能流利地说出来，练习了无数遍。

"美嘉……"悟轻声唤道。他感到声音有点嘶哑，急忙咽了口唾沫，顿时变得口干舌燥起来。

"什么？"美嘉回应道。

她没有看出什么,现在正是机会。"我觉得啊,人能不能得到幸福,可能是由相遇决定的吧,是否有一个美丽的邂逅很重要,但一切都要看运气,这种事只有神才能决定。所以呀,我现在要把我的感激之情向神——"正当他要说出"献上"的时候,远方忽然传来响声,紧接着一个发着光的东西从眼前一闪而过。下一个瞬间,背后传来砰的一声,与此同时,周围亮如白昼。

悟回头看去,眼前的景象令他目瞪口呆。

他的摩托车倒在地上,喷出熊熊大火,四处乱窜。

11

举行葬礼的地方在一条衰败的商店街后面的小巷。这是一栋灰色的建筑物,走进去便能闻到一股发了霉似的异味。墙上挂着的告示板显示长冈的守灵会场在二楼。身穿丧服的内海薰走上了楼梯。在楼梯上便能听到人们说话的声音。

在长冈修的故乡光原町为其守灵,也是长冈修的父母所希望的。薰还是第一次来到光原町。这里以前是个有着恬静田园风光的城镇,眺望远山时,满目苍翠。

但现在,和这样的背景很不相称的卡车和起重机正频繁地来来回回,这当然都是因为超级科技新城计划的影响。有几处设施看起来已经开始施工了,在车站可以看到一块写着"欢迎来到科学之城"的广告牌。目睹这个自然资源丰富的地方被现代文明侵蚀,不禁令人感到痛心,就像给人穿上了不合乎身份的装束,但外地人也没有资格说三道四。如今很多城镇也都是这样的光景。

守灵会场里人数众多,显得很拥挤,多是看起来和长冈修年纪相当的男女，可能都是长冈在老家的同学吧。

还有一些人看起来像是警视厅的刑警，他们也都穿着丧服。考虑到凶手可能就混在吊唁者之中，他们便在守灵会场埋伏。站在接待处附近的刑警，身上带着隐形摄像机，可以拍下所有吊唁者的情况。

薰混在吊唁者之中，走近了上香的队列。她一边慢慢地向前走，一边竖起耳朵听周围人的谈话。这些对话中极有可能潜藏着与案件有关的重要提示。

走到上香队列的末尾时，薰听到身旁的女子"啊"了一声，她看向对方，吃了一惊。只见渡边清美与她并排而立。

"上次的事多谢您了。"薰轻声打着招呼。

"您怎么会来这儿呢？"

薰贴近满脸惊讶的渡边清美耳语道："我们在进行调查。为了不引起别人的注意，能不能请您不要对别人透露我的职业？"

"啊，好的。"渡边清美紧张地点了点头。

环视渡边清美四周后，薰问道："您一个人来的吗？"

"是的。肯陪我来的人已经不在了……"

"今天的事是谁通知您的？"

"是他父母，他们给我打了电话，因为我曾去过一次他们家。"

长冈修可能是将她作为交往对象介绍给父母的，说不定都已到了谈婚论嫁的地步。对美好未来的憧憬突然破灭，想想此刻渡边清美的心情，内海薰感到悲痛。

"渡边小姐。"内海薰再次低语道,"万一有谁向您搭话,能不能向对方说我是您的熟人呢?这样我的工作会更方便一些。"

渡边清美露出了困惑的表情,随后还是应道:"我知道了。"

上完香后,内海薰从长冈修父母面前经过,向外走去。发现渡边清美不在身边时,她回过头,看见一名好像是长冈修母亲的女子正在和渡边清美交谈。二人的眼中都泛着泪珠。

隔壁的房间是用来招待吊唁宾客的。薰和渡边清美一起坐到了墙角的席位上。

"内海小姐,您能陪着我,真是太好了。"渡边清美说道,"我要是孤身一人待在这里,肯定会更加沮丧的。"

"很感谢您能这么说。"

"嗯……"渡边清美环顾周围,小心翼翼地问道,"调查得怎么样了?"

答案毋庸置疑。"还在调查中。"薰答道。

"有什么进展吗?"

"我们还在收集多方线索,所以我今天才会到这儿来。"

"哦。"渡边清美含糊地点了点头。她还想再问问更详细的情况,但也知道警方的调查内容是不能对一般人透露的。

"清美小姐。"不知从哪里传来了声音。

渡边清美抬起头,看见桌子对面站着一个体格健壮的男子。他皮肤晒得黝黑,留着与此很相称的平头,年龄看起来在四十岁左右。他身后还跟着一个身材矮小的男子。

"啊！"渡边清美眨了眨眼，"胜田先生……没错吧？"

"是的，前段时间太感谢了。"男子点头致意。

大概是渡边清美的熟人。薰想弄清他们之间的关系，便看向渡边清美。

"这位先生是一家西餐厅的老板。"渡边清美介绍道，"那家店我只去过一次，是修带我去的，就是和修的父母见面那次。"

"请多关照。"男子说着，把名片递到内海薰面前。店名是"伯特尼安"，还写着"店长胜田干生"。

"敝姓内海。"薰报上姓氏，"我是渡边小姐的同事，今天是来帮忙接待吊唁宾客的。对不起，我没带名片。"

胜田表示没关系，又将满是和气的脸转向渡边清美。"这次的事真是太可惜了，我们都很震惊，也大受打击。不管怎么说，长冈先生可是我们ST反对运动的急先锋啊。"

渡边清美沉默地垂下眼帘，然后看向薰。"胜田先生也参加了反对运动，而且是领袖一样的人物，修以前对我说过。"

"领袖什么的……您太抬举我了。"胜田害羞地摆了摆手。

"胜田先生店里的招牌菜是蘑菇料理，使用的蘑菇都是他亲自去山里采回来的。我们也吃过，香味浓郁，非常好吃。"

"您这么一说，我去山里也变得有意义了。"胜田说完，回头看了一眼一直沉默地站在他身后的男子，"介绍一下，这位是我的助手米村。他本职是书店老板，不过也做都市杂志的发行工作，和长冈先生也认识。"

男子说着"请多关照",掏出了名片。薰从旁边瞥了一眼名片,他名字的汉字写作"米村"。

"我和长冈先生交流过多次。这次的事真是令人悲伤。我也感到非常遗憾和不甘心!"

渡边清美默默地低下头,没有回应。

胜田和米村随即坐在了内海薰二人对面的席位上。

"关于凶手的情况,还是没有什么线索吗?"米村问渡边清美。

"完全没有。"渡边清美答道,"警察来找过我,问了我很多问题,但我没能提供什么有用的线索……"她的目光在薰的身上一晃而过。

"警察也来找过我。"胜田说道,"据说是在长冈先生的手机通话记录中发现了我的名字。这个月月初,他给我打过电话,说最近没时间回光原町,想向我了解一下最近的状况。我告诉他没什么大的变化,反对运动有要停滞的征兆。他有些失望地说了句'是吗'。"

"他……修说话的语气有什么奇怪的地方吗?"渡边清美问。

胜田微微摇了摇头。"没有,我感觉和往常没什么不同。我告诉他因为这个月对方又将开始新一轮的施工,我想在那之前再组织一次大型的反对运动。我也把这件事告诉了警方。"

薰听着胜田的叙述,心里暗暗点头。她知道有一个同事找过胜田,因为的确在长冈修手机的通话记录中找到了胜田的名字。那位同事在侦查会议上表示,胜田的供述中并没有发现什么可疑之处。

"打扰一下。"薰说道,"为什么这么坚定地反对超级科技新城计划呢?作为本地人,难道不期待这个计划所带来的巨大经济效益吗?"

胜田和身旁的米村对视了一下,向薰露出了空洞的笑容。"理由很简单,无论从任何意义上来说,这根本毫无益处。"

"是吗?'任何意义',是指什么?"

"先说经济效益。以前,邻镇建了个游乐园。只有开始的时候游客络绎不绝,很快便生意萧条了,剩下的只有巨额欠款和那些不会再有人去玩的设施。他们付出的代价是永远失去了当地美丽的大自然。我们必须要避免这种事情发生。"

"推进派的人对此是怎么解释的呢?"

"他们只会一味地说'别担心'。"胜田撇着嘴说道,"他们还说,关于收支问题,已经进行了细致的估算,可以维持经营稳健。这根本不是什么解释,他们打算就这样把计划硬推到底。"

"别的纠纷呢?果然还是环境问题吗?"

"当然了。超级科技新城的预定施工区域内,有多个特别保护区。这种开发会使得很多野生动植物受到危害。不仅如此……"胜田迅速地环顾了一下四周,继续低声说道,"一部分设施中,会产生含有放射性物质的东西。"

"您是说地质处置研究所吧?"薰说道。

胜田吃惊地瞪大了眼睛。"您知道这件事?"

"来之前我稍微查了点资料。"

"这样一来就好沟通了。预定在系山地区建造的设施，据说是用来进行处理高放射性核废料的研究的，其实是想借此研究弄清楚把这种物质排入地下会产生什么问题。多可怕啊！有一个步骤出错的话，大量的放射性物质就有可能泄漏到外部。"

"但是看他们官方网站上的解释，研究中用到的玻璃固化体是稳定性很高的物质，即使出现破损也不用担心放射性物质会泄漏。"

胜田焦躁地摇了摇头。"这都是不切实际的空谈。当初说福岛核电站绝对安全，现在不也是那副样子吗？谁也不知道会发生什么。刚才提到了蘑菇，我采蘑菇的地方离那个设施的预定施工地点很近。这种东西要是建起来了，我也无法安心地为客人提供蘑菇料理了。他们现在已经开始一点点地到处施工，但是绝对不能让他们把系山地区的地质处置研究所建起来。我们的方针就是和对方抗争到底。"

"有顺利进行的希望吗？比如强行中止对方的计划之类的。"

胜田愁眉苦脸地低声沉吟道："说实话，现在不得不承认我们根本就无计可施。"

"是吗？"

"去年，在预定施工区域内发现了鹫巢，我们马上紧张起来，这种工程不应该再让它继续下去，于是马上联合自然保护团体去抗议，县政府却很轻易地下发了施工许可。当然了，我们的抗议并没有就此结束。我们想得到环境省的大力支持，但对方并未理睬我们。在那之后，我们又向环境省反映过情况，都没有得到明确的答复。我觉得这其中肯定有内情。"

"您说的'内情'是指……"

"那些家伙动了手脚。"旁边的米村一脸厌恶地说道，"是大贺仁策。他去和环境省交涉过了，肯定没错。总是这样，只要有他在，我们用尽了合法方式对付，却总是不顺利，因为法律也是可以被歪曲的啊。"

"那今后反对派打算如何与对方抗争呢？"

胜田深深叹了口气，答道："只能推敲推敲新的作战计划了。"

"长冈先生最近有没有可能掌握了一些与反对运动有紧密联系的新情况呢？会不会与这次的案件有关？"

面对薰的质询，胜田诧异地皱起眉。

是不是说得有些多了？薰心想。"对不起，我好奇心太旺盛了。"她耸了耸肩。

胜田长舒了一口气。"来找我的警察也问了类似的问题。但是，这不太可能。因为如果长冈先生获得了新的线索，肯定会直接通知我的。话说回来，推进派的那些家伙毕竟不是那么残暴的人，不会因为长冈先生弄到了对他们不利的线索就动手杀人，对吧？"

胜田向米村寻求赞成，米村点点头，说："可以这么说吧。"这时，一阵快节奏的音乐忽然从胜田怀中响了起来，仔细一听，是《津轻民谣》的曲子，看来是来电铃声。胜田慌忙把手机放到耳旁，走出了房间。

"听了刚才的话,我感觉反对派陷入了苦战。"

米村沮丧地点了点头。"最近,反对运动的势头一直在下滑。说白了,就是反对派不再那么团结了。归根到底,大家还是在为维持各自的生计而努力着。大家反对超级科技新城计划的理由各不相同,所以很容易被各个击破。昨天还强烈反对计划的人,今天就改变了想法。我觉得可能是被对方笼络了,收了对方贿赂的人也是有的。"

"嗯……"确实有这种可能性,薰想。

"还有,"米村继续说道,"我怀疑有内鬼泄露情报。"

"泄露情报?"

"前年我们执行了新的作战计划:调查那些已经开工的工程,确认其是否考虑到了保护环境这一点。我们也曾发现他们在预定施工区域外砍伐树木,便向县政府报告了此事。我们还发现了非法乱扔工业废弃物的现象。因为这都是违法行为,作为县政府不得不勒令他们整改。这种情况若反复出现,那些还没有开始动工的计划可能就会进行调整。"

"这个方法也许能奏效吧?"

"但是接下来,我逐渐发现反对运动进行得很不顺利。虽然有线索表明对方有违法行为,但每当我们去现场拍照取证时,那些形迹便会消失不见,这种事发生过好几次。这究竟是怎么回事,我和胜田先生也感到很困扰。"说着,米村松了松黑色的领带。

12

"我问过大贺议员了,他说没见过这个人,连名字都没听说过。"把长冈修的肖像照片放在桌上后,鹈饲和郎冷淡地说道,扁平的脸上看不出丝毫表情。真是个有城府的人,草薙想。

"方便的话,我们想直接拜访议员,可以吗?"间宫客气地问道。

"为什么呢?能确认议员是否认识这个人不就可以了吗?我已经把照片拿给大贺议员看过了,结果就是,他说他根本不认识这个人。这样还不行吗?您还有什么不满吗?我认为您的目的已经达到了。"鹈饲如同存钱罐投币口一般细长的眼睛来回看着间宫和草薙。他的语气彬彬有礼,但能看出他感到很厌烦,恐怕也在心里蔑视着这些警察。

他们身处某酒店宴会厅旁边的休息室。为顺利推进超级科技新城计划,今天将在这里举办一个聚会,招待计划的相关人员。在询问过大贺仁策的办公室后,草薙和间宫来到了这里,迎接他们的却是第一秘书鹈饲。今天多半见不到大贺仁策本人了。

"最近,议员身边发生过什么不寻常的事吗?"

"不寻常的事?"

"比如说,有被人跟踪的迹象吗?"

鹈饲稍稍睁大了双眼,哼了一声,好像在笑。"被记者跟踪是家常便饭。如果没有媒体来纠缠,也就算不上大人物了吧?"

"什么样的事都行,不大对劲的事一次也没有发生过吗?"

"没有。"鹈饲缓慢地摇了摇头。

"为什么这么确定呢?我们问的是大贺议员的事,难道他的一举一动都在您的掌握之中吗?"

"当然了。"鹈饲坚定地断言道,"从某种意义上来说,我比大贺议员本人更了解他。"

草薙和间宫面面相觑,无言以对。

察觉到对话即将结束,鹈饲站起身来。"你们的问题好像已经问完了,那我就先告辞了。"他低头致意,然后匆忙离开了房间。

"什么啊,那家伙!"草薙不满地咂了咂嘴。

"算了,也只能这样了。没办法,因为我们手里并没有能套出对方有用信息的底牌啊。"间宫说着,站起身来。

二人从休息室出来,朝电梯走去,发现宴会厅门口聚集了很多人,显得十分热闹。

草薙忽然停住了脚步。他看到了一张熟悉的脸。

"怎么了?"间宫问道。

"您先回去吧，我还有点公事要办。"草薙指了指那个人。

间宫诧异地顺着他指的方向望去，立刻就明白了。"知道了。"间宫点了下头，随即走进电梯。

那个人向接待处走去，看起来是想在签名簿上签名。"汤川！"呼喊声从背后传来。

汤川停下脚步，回头看去。看到草薙后，他了然地点了点头。"你会出现在这儿，是不是说明你们认为超级科技新城计划是破解这起案件的关键？"

"都说了，现在还不清楚。我们只是想来见见这个计划的策划人，不过只见到了他的秘书。"

"你所说的策划人是大贺仁策吧？你也终于有机会盯上这种大人物了啊。"

"都说了，我们根本就没见着他嘛。倒是你，怎么会来这儿？"

汤川从西服内兜里掏出一个信封。"受邀前来，代表我们学校的教授。"

"帝都大学也参与了超级科技新城计划吗？"

"还没决定。其实我兴趣不大，但前两天听完你说的话，我也觉得要稍微调查一下。不过大贺仁策提出的口号是'复兴科学立国'，我基本上赞成这种观点。"

"总感觉他值得怀疑，他的目的应该不仅仅是让自己的老家受惠吧？虽然还没见过他就这么说也有些不太对。"

"那，让你见他一面如何？"

"见一面？怎么见？"

汤川从信封里掏出一张请柬。"这上面写着'可带一名同行者'。"

"……也就是说，一切都和环境有关。战后，我们的国家变得一无所有。想要得到什么，就必须靠自己的双手去生产。不管是电视机、洗衣机，还是轿车，进口货太贵，我们买不起，因此我们想要制造平民百姓买得起的东西。其结果就是，我国成为一个可以被称为'经济大国'的国家。现在我们什么都有了，便宜的产品要多少有多少。各位可以去问问现在的年轻人想要什么，充其量也就是新款手机或是偶像的签名之类，这样一来便无法再继续创造，复兴科学立国也将变得虚无缥缈。所以说，我们首先要创造出一个良好的环境。现在，对于我们来说什么是极其必要的呢？为了将来我们必须要做些什么？我们要准备一个能让我们时刻思考这些问题的环境，在这个安于现状的周遭之外的空间里培养人才。没错，我所指的，就是建设超级科技新城。诸位，我仿佛看见大家的脸上写着'终于谈到这个话题了'。实在抱歉，我有点啰唆了，但如果不从头讲起，可能就无法让各位深刻地理解我的理念。当然了，对于今天到场的各位而言，我这番言论实在是班门弄斧了。"

在台上兴奋地侃侃而谈的正是大贺仁策，混杂着几丝银发的大背头，一张大大的国字脸。他在学生时代一直热衷棒球，所以肩膀很宽阔。光看外表，确实是值得信赖的领导者形象。他的话语中夹杂着些许乡音，这反而让他的演讲产生了一种打动人心的效果。

继大贺之后，又有几个议员上台致辞，接下来就到了自由交流时间。

"不愧是搞政治的家伙，演讲很精彩，不知不觉间就听到了最后，也不觉得无聊。"草薙端着一杯乌龙茶说道。

"话说得再漂亮，没有实质性的内容就毫无意义。从他们的演讲中，我并没有听出来他们对于未来有什么明确的愿景。很遗憾，我似乎白跑了一趟。"汤川表情淡然地说道。他也拿着一杯乌龙茶，可能是这里的气氛并不适合喝酒。

"即便如你所说，这场面也够热烈啊。大贺仁策的号召力还真是不容小视。"草薙环顾四周，来宾大概超过了两百人，在电视上见过的面孔时不时地进入他的视线中。他偶然听到，如果不是受邀者，好像要交两万五千日元的入场费。他不认为摆在面前的料理值这么多钱，还推测主办方采用立食形式是想让客人吃完了就早早回家。

大贺和来宾们一一致意寒暄，简短的交谈后必定要和对方握手。他的动作如流水作业般，十分自然流畅。

鹈饲像影子一样跟在大贺身旁。糟了！草薙刚反应过来，二人已向他们走近，脸上挂着选举时会露出的笑容。

鹈饲好像注意到了草薙，在大贺耳边轻声嘀咕了几句。大贺停住脚步，表情立刻严肃起来，不过很快又切换到满是笑容的面孔，继续朝草薙和汤川这边走来。

"您辛苦了，真是万分抱歉，刚才没有及时问候您。"大贺说完后把脸转向鹈饲，"接待处是怎么搞的？我不是说了无关人员禁止入内吗？"

"我马上去确认。"

"没那个必要，他也是受邀者。"汤川从怀里掏出名片，"准确地说，他是受邀者的同行者。"

大贺接过了汤川的名片。"哦，"他的嘴唇翕动着，"帝都大学理学院……啊，您就是汤川副教授。"

"您听说过我？"

"那是当然，我经常出入各个大学以及研究机关，收集年轻有为的研究者的相关信息。说到帝都大学，无论如何都要提及二宫老师啊。前两天，我还和他会面了，就是那时候二宫老师提到了您，说您极富才华，前途不可限量。"

"不敢当。"

"请您好好努力吧，我也衷心希望您能早日像二宫老师那样。"

"非常感谢。只是有一点我想不明白。"

"是什么呢？"

"我们学校研究基本粒子理论的二宫教授三年前去了美国，就再也没有回来。那么和您会面的是哪一位二宫老师呢？"汤川直截了当地问道。

大贺眼中射出了一道阴冷的目光,草薙感觉这才是他真正的样子。

"是吗?那可能是我弄错了吧。"大贺的脸上再次浮现出笑容,"请尽情享用吧,这儿的料理可是非常美味的。"大贺说完,便快步走开了。鹈饲瞥了一眼汤川和草薙,随即跟了上去。

"人家好像没有和咱们握手的意思呀。"看着正和别人大声寒暄的大贺的背影,草薙对汤川轻声说。

13

那个仓库位于东京湾的填海地。相似的建筑另外还有四栋,曾主要用于堆放木材。出事的仓库因老化严重,基本已经废弃。

"我们并不是觉得没有必要通知警方,反正这件事也没有给我们的工作带来什么不便,不知不觉就拖到了现在,真是万分抱歉。"仓库的负责人姓川上,是个个子不高、圆脸的中年男子。

"发现有这个洞,是上个月的二十三日?"内海薰问道。

"没错,是早到的部下发现的,随即给我打了电话。我很吃惊,就算再怎么老化,也不可能突然就破了个大洞。"

草薙拿出手机,抬头看了看仓库。墙上有个宽约一米、方形的洞,外墙上的一块护墙板已不见踪影。草薙操作着手机,把视频调了出来,即长冈修存储卡里的那段影像。草薙仔细对比,最终确认这个仓库就是那段视频的拍摄地点。

"应该没错了。"

洞旁约一米处绘有该仓库的标志,在视频中很难看清,但是经鉴定人员对影像进行图像处理后,还是让它显现了出来,以此为线索从而锁定了这个仓库。警方立刻询问管理这个仓库的公司,对方马上就承认了的确发生过这样的事故,草薙等人随即来到现场向管理负责人询问当时的状况。

"这堵墙的厚度是多少?"草薙问道。

"大约一厘米左右吧,我们用的是仓库专用的外墙材料,不是什么脆弱的东西。如果是用石头砸,怎么也不会出现这种情况。"

"仓库里面是什么样?"

"地上乱七八糟地散落着外墙材料的碎片。我和部下一起把仓库内部彻查了一下,但什么也没发现。据说警卫当时也没发现什么异常情况。真是不可思议啊。"

内海薰回头看向大海,草薙也把目光投了过去。一条船从他们眼前驶过,隔着这条水路,可以看到对岸的建筑物和停车场。

"您想过有可能是从对岸用枪之类的东西射击造成的吗?"内海薰说道。

"对岸?距这里可大概有一公里。"

"好像做不到啊。"

"再说了,如果是枪,应该只能打出一个小孔,而且子弹应该还留在仓库里。"草薙说完,看了一眼川上,"这一带晚上的治安情况怎么样?仓库夜间也开放吗?"

"这得根据当天的情况来定了。有时会开放一些仓库,但大部分仓库都是关闭的。这些时候,除了警卫之外不会有人在。"

为慎重起见，草薙把长冈修的照片拿给川上看。

"没见过这个人。"川上说出了草薙早已预料到的那句话。

"还发生过其他怪异的事情吗？"

"您是指我们的仓库吗？"

"其他事也可以。有什么不可思议的现象……比如原因不明的爆炸事故之类的。"

"爆炸啊……"川上抱着胳膊，摇了摇头。本就没抱什么希望的草薙见状正想放弃时，川上忽然轻呼一声。

"发生过什么吗？"

"不，很可能不是爆炸事件，但听说有一条屋形船在河中燃烧了起来。"

"屋形船？怎么回事？"

"听说是在隅田川上行驶的时候起火的，具体的位置我也不知道。有个熟人告诉我，他认识一个在别的屋形船上工作的船员，是听那人说的。当时火势一瞬间就非常猛烈，所幸没有人受伤。"

"这是什么时候的事？"

"大概是两个月以前吧。"川上歪着头说道。

道谢后，草薙离开那里，坐进了停在附近的汽车。"去查查屋形船的事。"草薙对内海薰说道，"顺便再查查有没有发生过其他类似事故，虽然不知道这些事和案件有没有关联，先姑且把它们当成救命稻草吧。"

"救命稻草……草薙前辈您说话能不能硬气一点？"内海薰

一边发动引擎一边说道。

"我硬气得起来吗？咱们的调查根本没有什么进展。"草薙系好安全带，重重地靠在了椅背上。

发现长冈修的尸体已经整整十天，调查迟迟没有进展，从超级科技新城计划入手，却没发现什么有价值的线索，特搜本部的计划完全落空了。推进派中对长冈不满的人数不胜数，因计划受挫而蒙受重大损失的企业也不在少数，但就现在的调查结果来说，并没有发现长冈在这方面有什么取材的迹象。警方甚至不知道长冈最近究竟在调查什么。通过分析电脑中的内容可知，对超级科技新城计划的最新调查资料是去年秋天的。发现尸体的五天前，长冈给身为反对运动领导者的胜田干生打过一通电话，但据胜田说，长冈没有说什么重要的事，只是问了问当地的状况。

但是，留下的跟踪照片表明，长冈一直在调查有关大贺仁策的事，大贺与过去那些和超级科技新城计划毫无关系的项目有何关联等事，都被长冈探查过。而且最近，大贺的异性关系也被他彻底追查。长冈从关系要好的自由撰稿人和周刊杂志记者手里收集了大量的相关信息。他可能想利用曝光大贺的丑闻来阻止超级科技新城计划的推进。

但是想要在大贺这条线上有所进展几乎是不可能的，他已经说过根本就不认识长冈修，想从他那边得到相关线索希望渺茫。

近来很难见到间宫，大概是由于上头对此案逼得很紧，间宫得经常去报告案情的进展。偶尔见到他，也是满脸愁容。间宫不在的时候，身为主任的草薙不得不临时接管，不过因为没有调查资料，并不需要整合什么。

"有新发现！"回到特搜本部后，草薙正和其他侦查员整理调查到的情况，内海薰跑了进来，"大家看看这个。"她把几张照片摊在了草薙面前，照片拍的是屋形船、船的窗玻璃碎片和被烧焦的甲板。

"川上说得没错，当晚正在隅田川上行驶的一条屋形船的窗户突然碎了，然后船内发生了火灾。这被认为是一起性质恶劣的恶作剧，所以报了警。"

"但是原因不明？"

"从窗玻璃破碎的样子来看，很可能是有什么东西从外面飞了进来，但是在船内并没有发现什么奇怪的东西。"

草薙感到很伤脑筋，说道："那真是……太不可思议了。"

"还有一件事。"内海薰又拿出一张照片。上面是一辆被烧得焦黑的摩托车。

"这是什么？"

"一周前的深夜，停放在荒川沿岸某个工厂内的一辆摩托车突然燃烧起来，摩托车的主人是一个和工厂毫无关系的年轻人，好像是在约会归途中，明明看见了禁止入内的警示牌，还是闯了进去。"

"燃烧？我想了解一下详情。"

内海薰随即拿出了一份装订好的资料。"我问过当地警方了。

摩托车的油箱上被开了一个直径约三厘米的洞。消防队和鉴定科做了详细的查验,都不认为这是枪械一类的东西射击造成的。"

"又没有找到子弹吗?油箱被打穿了?"

内海薰摇了摇头。"油箱只有一面被开了个洞,是冲撞物在撞破油箱时留下的。调查油箱内部的时候,并没有发现弹丸一类的东西。有万分之一的可能,是那个冲撞物在油箱中弹回后,又从那个洞飞了出来。先不说这种可能性很小,警方当时在现场周围反复搜查过,什么都没有找到。"

草薙再次感到很伤脑筋,双手交叉放在脑后,重重地靠在了椅背上。"屋形船之后是仓库,然后又是摩托车,这之间究竟有什么关联,我实在是不明白。"

"虽然还无法判明,但无论哪起事件都发生在海边或河边,我认为这是最大的共同点。"

"为什么总瞄准那种地方呢?"

"这个……"内海薰深呼吸了一下,摇了摇头,"我也不知道,但是,我不认为长冈拍的那段影像毫无意义。"

"确实如你所说。"草薙再次凝视起并排摆在眼前的几张照片,"看来想要弄清楚这些奇异现象的真面目,只能去找那个家伙问问了。他估计又会挖苦我们一番。"

"如果去找汤川老师,把材料备齐再去比较好吧?"内海薰说道,"我觉得他会说'你们只给我看这些照片,我什么都不可能知道'。"

"你说得太对了。"草薙皱着眉挠了挠头。

这时,间宫回来了,无精打采的表情让草薙产生了不祥的预感。果不其然,间宫招了招手,招呼他过去。

"怎么了?"草薙走到间宫面前问道。

"关于被害人暗中调查大贺议员私生活这件事,上头指示我们差不多该收手了。"

"啊?为什么?"

"作为议员,虽然已经习惯受到无端的猜疑,但事关一起杀人案,可就不一样了。如果那些政治记者或是大贺后援会的人向警方打听这件事,很有可能会留下大贺议员与杀人案有瓜葛的印象。前几天在东京举办的那场宴会上,据说有一名刑警冒充受邀者的熟人混进了会场,上头说虽然这种行为没有给政治家的名誉带来什么损害,不过以后要多加注意。"

"这是管理官下达的命令吗?"

间宫摇了摇头。"是理事官[①]。不过,我估计源头应该来自更高层吧。我感觉理事官向我传达时也是很不情愿的。"

草薙咂了一下嘴,说:"议员这种人,有那么了不起吗?"

"因人而异。大贺议员可是个大人物,毕竟,他是有望当首相的。"

听完间宫的话,草薙又咂了一下嘴,此时,后辈岸谷走了过

[①]警视厅下属各科内的二号人物,位列科长之后。有立案、后方指挥、决定是否与检察机关共同侦查等权力。

来。"可以打扰一下吗?"

"什么事?"间宫抬起头,目光锐利地看着部下。

"在与被害人有联系的企业中,有一家位于足立区的小型町工厂。一周前,那儿的一名员工忽然不明不白地失踪了。"

"町工厂?这和被害人有什么联系?"

"不知道。在被害人手机的通话记录中,出现了这个工厂的号码,通话时间大约是在两个月前。"

警方推测长冈修的手机是被凶手拿走了。可能对凶手而言,手机里存有对其不利的东西。于是警方只能向手机运营商提出配合调查的请求,调出通话记录。岸谷的工作,就是要查出通话记录中那些人物、企业、团体和被害人之间的关系,确认其是否与本次案件有关。

据岸谷所言,那个町工厂是一家名为仓坂工机的零件制造工厂。

"在特搜本部刚刚成立的时候就去询问过这家工厂,但当时没有人说认识被害人,从厂长到员工我们都确认过。虽然有两个月前的通话记录,但不知道是谁和长冈通了电话。因此,当时大家都觉得那通电话没什么太大的意义……"

"那儿有个员工失踪了……是吗?"

"上次去那儿询问已经是一个多星期前的事了,为谨慎起见,我又打了通电话问那之后有什么奇怪的事发生,厂长便说出了有员工失踪一事。"

"难道不仅仅是私自旷工吗?"

"一开始那个员工以身体状况不佳为由连续请了两天病假,第三天他既没有来上班,也没有主动和工厂联络。从工厂打他的手机也打不通,去公寓找他,也不见他的踪影。不久,工厂收到了一张他发来的传真,上面写着'因故要辞职,给大家添了不少麻烦,感到非常抱歉'之类的话。"

"什么啊,这到底是怎么回事?"

"不知道,仓坂工机的厂长也感到莫名其妙。"

"你上次去那家工厂询问后不久,那个员工就失踪了?"

"是的。"

"真是够烦人的。还有那个厂长,为什么不立刻联系我们,就这样置之不理一个星期,怎么回事!"

间宫板着脸,在一旁听着的草薙心想,看来这条线索也断了。

"我认为此事和本案毫无关系,我是这么感觉的。"岸谷说的也是草薙所想,"那个员工是在一周前失踪的,最初两天他都请了病假,没有人觉得可疑。收到他本人的传真是在第四天早上,那么,从认定他行踪不明开始仅过去了四天。"

年轻刑警的反驳条理分明,间宫更加不高兴了。"好了,这件事先说到这儿吧。对了,那个消失的员工是个什么样的人?"

"他的履历已经传真过来了。"

岸谷递给间宫一份文件,草薙从旁边探头查看。

从附在文件上的照片来看,是个很年轻的男子,名叫古芝伸吾，从出生年月来计算，他今年刚满十九岁，高中毕业后直接参加了工作。令人意外的是，他曾就读于一所因偏差值①高而闻名的高中。草薙隐约记得自己好像有个熟人也是那所高中毕业的。

家族成员一栏中特别注明着"父母都已过世，独居"。

"据仓坂工机的厂长说，看到招工广告而来应聘的古芝应该是在去年五月末进入工厂的。"岸谷说道。

"五月？真是个尴尬的时间。"间宫鼻孔微张着说道。

"他自己好像说过，因为没考上大学，准备复读一年，但是作为家里顶梁柱的姐姐又在此时因病去世，只能出来工作养活自己。"

"不仅是父母，连姐姐都过世了，这家伙真可怜啊。"

"厂长也很同情他，所以马上就决定录用。雇了他之后才发现，他非常优秀，记忆力超群，很快就成了工厂里能独当一面的人，厂长也很高兴。"

"但突然就下落不明了，是什么原因呢？"间宫收了收双下巴，"我认为这次的案件和这个刚刚从高中毕业的年轻人有关。你是怎么认为的？"间宫把脸转向草薙。

"我有同感，刚才组长您也说了，他在这个时候下落不明的确令人很在意。就算真的和他本人无关，也可能是他知道了与自己关系亲近的人参与了这起案件，由于害怕被追究责任才销声匿

---

① 指相对平均值有多少偏差，是日本的大学招生时重要的录取标准，偏差值越高，学生成绩越好。

迹的。"

"说得没错。正因为他是孤身一人，所以他的人际关系调查起来应该难度不大。"

"也最好调查一下他姐姐的相关信息吧，"草薙说道，"他在仓坂工机上班应该也有些理由。"

"我知道了，社会关系和他姐姐的履历，先从这几个方面开始调查吧。"间宫拿出了笔记本，把这些事写了上去。

"嗯……"岸谷忽然说道，"此外，还有一点比较令人在意。"

闻言，草薙和间宫齐声问道："什么事？"

"他说谎了。"岸谷说道，"我去他曾就读的高中问过了，他并不是没考上大学，相反，他被一所一流大学录取了。"

"一流大学？"间宫依样重复，"哪一所？"

"是草薙前辈非常熟悉的一所大学——"岸谷意味深长地朝草薙笑了笑，"帝都大学。"

草薙瞪大了眼睛。"我们大学？！"

"听说考上的是工学院机械工学系，因为是理科，说不定汤川老师也多少了解一些。"

"这不好说，因为那家伙是理学院的……"说到这里，草薙忽然"啊"了一声。

"怎么了？"间宫问道。

草薙指着履历的某一栏。"这所高中是汤川的母校。"

14

草薙再次来到帝都大学理学院物理系第十三研究室,看着并排放在操作台上的三张照片。

汤川诧异地皱了皱眉。"这是什么?"

"这是上次那件事的补充资料,因为你说只有那段视频无法清楚地解释。"草薙拿起其中那张仓库的墙被开了洞的照片,"我们已经查出那段影像所拍摄的事发地点,就是位于东京湾填海地的一间仓库。据仓库负责人说,仓库内只有零零散散的仓库外墙的碎片,没发现任何可疑的东西。仓库周边他们当时也查看了,同样没发现什么异状。"

汤川的视线来回移动着。"另外两张呢?"

"都是发生在近两个月内的怪异事件的照片。"一张是被烧得焦黑的摩托车,另一张是窗玻璃破裂的屋形船。草薙看着笔记本,对情况做了简短的说明。"警方和消防队都做了详细的查验,均没有发现使用枪械的痕迹。尤其是这辆摩托车,经调查它的油箱只被开了一个洞,也就是说没有被打穿,但在油箱中也没有发现子弹一类的残留物,真是奇怪啊。"

"确实很玄妙。"

"此外,还有这张照片。"草薙又拿出一张照片,拍的是一个破了洞的油箱。

汤川接过照片,眼中闪烁着认真的光芒。"这个洞看起来直径有三厘米吧。"

"没错,严格来讲,是三点四厘米。"

"从洞的样子来看,铁皮是由内向外弯曲的,就好像油箱是从内侧破裂开来似的。"

"不愧是你啊,一眼看出了关键。"

草薙的话令汤川颇感意外地皱起了眉头。"我从来没有想过你会在科学方面对我有褒奖之辞。"

"我也很吃惊。调查摩托车油箱的鉴定人员说,可以推测这个洞最初应该比现在看到的要小,当然这个洞肯定是由外部施力形成的,但是紧接着,由于某种原因油箱内的汽油温度迅速升高,膨胀,使洞开得更大,汽油喷出,引发了燃烧。作为目击者的车主说,当时这辆摩托车不光在燃烧,还在剧烈地喷火。"

汤川放下照片,坐在了椅子上。"原来如此。"

"如果只是用步枪或手枪射击,是不会出现这种情况的,反而会留下痕迹。到底是什么原因引起了这种现象,现在还无法解释清楚,所以,汤川,帮我们想想办法吧!这次我们是真的束手无策了。"

"只有这次吗?"汤川动了动眉毛,"看来此前你们每次都能想出办法啊。"

"不是这个意思,我是说这次的事件比以往任何一次都要难解。啊,对了,这三起事件还有一个共同之处,就是案发地点都在海边或是河边。即便是用枪支射击,也没有合适的位置。如果考虑射击角度和其他一些因素,犯案的人要么是乘坐船只,要么是从距离相当远的对岸射击的。但是据摩托车一案中的情侣所言,当时并没有看到船只。如果是从对岸狙击,那可是有至少一公里的距离。虽说这种狙击并非完全不可能,但势必要使用大型枪械,应该更容易留下痕迹才对。"草薙摆弄着喝空了的马克杯说道。

汤川没有任何回应,他把胳膊肘放在椅子的扶手上,托着腮,好像在发呆。

"汤川,"草薙唤道,"你在听我说话吗?"

汤川这才回过神来,眨了眨眼。"啊,我当然在听,我正在思考都有哪些可能性。"

"那你想到了什么吗?可以说说。"

"没有。"物理学家面带愁容地说,"光靠这些线索我什么都说不出来。我想你也知道,我是个没有十足确证绝不下结论主义者。"

"什么呀,又装腔作势。"

"不是的。你提供给我的资料太少了,我想要一些以别的角度为切入点的数据。"

"可我没有啊,不知道下次会在什么时候发生这种怪异事件。"

"那下次发生的时候你再来找我,我会认真听的。"汤川看了一眼手表,随即站起身来,"不好意思,我还有课,就先走一步了。"

"你不是说今天的时间很充裕吗?"

"不好意思,是我犯糊涂了。你继续在这儿小坐一会儿也可以。喝完咖啡把马克杯放在台子上就行了,不用洗。"

"真不凑巧,我也没有闲工夫在这儿小坐。"草薙站起身来,"对了,你是不是统和高中毕业的?"

汤川正要拿起书桌上的资料册和课本,闻言忽然停住手。"那又怎么了?"

"那所高中的某个毕业生可能和事件有牵连,而且就在去年他考上了帝都大学,但是仅仅一个月之后,他就辍学了。"

汤川面无表情,可能是在想那又怎么了吧。

"他考上的好像是机械工学系,名叫古芝伸吾……"

汤川耸了耸肩。"听说过这个名字,但我对他没什么了解。"

"说得也是,虽说他是和你念同一所高中的学弟,不过年龄差距也太大了。"草薙苦笑道,"只是象征性地问问而已。不过我觉得这次的事件跟你还真是有一种奇妙的缘分呢。"

"怎么说?"

"被害人因为那段视频的事来拜访过你吧?还有啊,你作为科学家,不能说和超级科技新城计划没关系吧?再有,最近查出来的可疑人物又是和你念同一所高中的学弟。怎么样,感觉到缘分了吗？"

"要这么说，真是孽缘啊。"

"也许吧。好了，就当我没说吧。"

二人出了研究室，便分道扬镳了。

"大贺仁策的？真的吗？"草薙刚回到特搜本部，就听见间宫大声地说道。他正在和人通电话。"嗯……嗯……我知道了。关于那一点也要问得详细一些……嗯，那就拜托你了。"挂断电话后，间宫转向草薙，"是内海的电话。"

"掌握什么线索了吗？我听你们提到了大贺议员的名字。"

"古芝伸吾姐姐的工作地点已经查清楚了。他们以前所住公寓的租赁合同是他姐姐签的，合同上填写的工作单位是'明生报'。"

"报社吗？然后呢？"

"我马上就让内海去问话，她刚刚联络了我们，说古芝伸吾的姐姐属于政治类部门，而且好像就是负责大贺仁策的。"

草薙伸了个懒腰："真的吗？"

"被害人正在追查大贺议员，曾负责大贺议员的新闻记者的弟弟在事件发生后又行踪不明。事情好像变得越来越有意思了。"间宫舔了舔嘴唇，看向草薙，"帝都大学那边查到什么了吗？看你这表情，是不是不应该抱太大的希望啊？"

"您真是明察秋毫。我到古芝伸吾曾所属的机械工学系问了那里的教师和学生，但是没有获得什么有用的线索。因为古芝刚入学一个月就辍学了,不光没有算得上是他朋友的人,了解他状况的学生也几乎一个都没有。不仅如此,教授、副教授、讲师也是一样。再加上他也没有加入过学校的俱乐部或是社团之类,在帝都大学里几乎找不到有关古芝伸吾的任何蛛丝马迹,这么考虑比较妥当。"

"好不容易考上了名校,还没有享受到美好的学生生活就退学了,真是可惜。难道就没有别的办法吗?比如休学什么的。"

"这一点确实很不可思议。古芝拿到了奖学金,应该可以一边打工一边上学,但是我去学生科确认过了,古芝好像没有考虑过半工半读这种方法。"

"嗯……"间宫努了努嘴,"难道他有无论如何都要退学的理由吗?如果真是如此,那该是个什么样的理由呢?"

"这……"草薙歪着头想了想,"除了经济上的理由,我想不到别的。"

"说得也是。"间宫愁眉苦脸地说道。

"对了,关于那几件事,你去找过伽利略老师了吗?"

"嗯,可惜材料太少了,他也说不出什么来。就算是汤川,面对这种情况也束手无策。"

"那位老师要是也帮不上忙,我们也没办法了啊。"间宫说着,挠了挠脸颊。

大约一个小时后,内海薰回来了。她向间宫汇报了情况,草薙也站在旁边听着。

"她的名字是古芝秋穗,秋天的秋,稻穗的穗,比古芝伸吾大九岁,如果健在的话今年应该是二十八岁。进入报社后被分到了政治类部门,据说在大贺仁策还是文部科学大臣时就开始担任他的专任记者。她好像不是个身体虚弱的人,去年四月突然因病去世的时候,同事们都很震惊。"

"死因是什么?得的什么病?"

"她家里人说是心脏麻痹,但详细的情况不清楚。报社那边好像也没有特意去确认过。守灵和葬礼都没办。"

"所谓的家人就是他弟弟伸吾吧。他孑然一身,所以什么都没有操办是能理解的,但是……"间宫露出无法释然的表情,"我总觉得奇怪,一个二十多岁的女子怎么会忽然因心脏麻痹而死?"

"我根据死亡时间去查查当时救护车的出勤记录吧。如果是心脏麻痹,应该会有人发现,然后叫救护车的。"

"就这么办。还有,去问法医,如果是在医院以外的地方突然发病死亡,法医应该会及时赶到现场。"

"我明白了。"

"对了,古芝秋穗和本案件的被害人有什么关系?他们认识?"

内海薰皱起眉,摇了摇头。"很遗憾,这一点无法确认。好像没有人听古芝秋穗生前曾提到过长冈修的名字。不过,据大贺议员现在的专任记者所言,长冈曾主动接触过他,所以长冈可能也联络过古芝秋穗。"

"长冈在接触现在这位专任记者的时候,都问过什么?"

"比如大贺议员最近都去了哪些夜总会，和哪些女人不清不楚之类的。"

"又是这些事啊。"间宫不悦地说，"果然，被害人为曝光大贺议员的私生活费尽了心机。可恶，上头刚说过不要在这方面进行调查了。"

"超级科技新城计划的设施，有几个已经开始施工了。"草薙说道，"事到如今，让这个计划彻底落空看来是不可能了。如果推进派核心人物的丑闻被曝光，说不定计划会稍被推迟，或工程的规模被缩小。"

"这么想也没错。"间宫点了点头，用下巴指了指内海薰，"她弟弟呢？关于古芝伸吾查到什么了吗？"

"几乎没有……只是听说古芝秋穗因为弟弟考上了帝都大学，感到非常高兴。"

"知道了，辛苦了。"间宫抬头看了一眼草薙，"接下来怎么办？"

"应该去调查古芝伸吾吧？"草薙答道。

"这个我知道，谁去呢？还要顾虑科长和管理官，跟大贺议员有关的调查，我想尽可能悄悄地进行。"

"我去吧。我明天先去一趟仓坂工机。"

"好。我去和管理官商量一下，看看能不能拿到古芝伸吾家的搜查许可。"

"明白了。"

侦查终于进入正轨了，目送着间宫的背影，草薙默默地想。

15

仓坂工机位于足立区的梅岛。这家小工厂墙上的油漆大部分都已脱落了,勉强能看出墙壁原本是绿色的。紧邻工厂的是一幢二层建筑,看起来像是处理事务的办公楼,上面写着"制造销售 金属加工品 仓坂工机"的招牌倒是崭新的。

草薙在接待区和厂长仓坂达夫会了面。仓坂身材矮小但胸膛厚实,看上去是个工作经验十分丰富的人。

"他是个好孩子,真诚,对工作热情,更重要的是聪明绝顶。只须稍加指导,马上就能学会。不仅如此,他的实际应用能力也很强,电气和机械方面的知识也非常丰富。这么聪明却没有去上大学真是太可惜了,就算上个夜大也好啊,我劝了他好几次。不过,他本人好像没有那种意愿。"仓坂的话令人丝毫感觉不到夸张。

"听说他是看到了招聘广告才来应聘的?"

"是的,工人的高龄化现象越来越严重了,我想着这么下去可不行,才招募新人的。四月份曾经招过一个高中毕业生进来,可能工作比他预想的要困难吧,没几天就辞职了。我感到很困扰,又发了一次招聘广告,古芝就是那时候来的。他沉默寡言,刚来的时候,大家都不知道他在想些什么,不过就像我刚才说的,指导他工作后就能发现他非常棒。大家都高兴坏了,像中了头彩一样,可是……"仓坂挠了挠头发稀疏的脑袋,"到底发生什么事了?千万别被卷进什么奇怪的事就好。"

"对于他的去向,您一点头绪都没有吗?"

"没有。有的话我一定会去打听的。"

"一开始打电话向工厂请假的确实是他本人,没错吧?"

"应该没错——喂,小友,是古芝吧?"仓坂问在旁边办公桌旁工作的一个胖女人。小友应该是昵称吧,看她的样子至少应该有四十五岁了。

也许是一直在注意着二人的对话,她立即答道:"我觉得那是古芝的声音。"

"他是说生病了吗?"草薙问道。

"是的,说是身体不舒服想要休息。第二天又打来电话,说要继续休息。我问他要不要紧,他说没事,让大家担心了很过意不去,然后就挂断了电话。"

"之后呢?"

"那天是最后一次和他通话。"

草薙的目光回到仓坂身上。"第三天他也没有来?"

"是的,手机也没有打通。我觉得很奇怪,就让员工去他的公寓看了看情况,结果发现他不在家。我正在想到底发生了什么,就收到了一份传真。"仓坂把一张折叠着的纸递给了草薙,"就是这个。"

"我看一下。"草薙说着,把纸展开,只见上面写着:

> 因为一些个人原因,我不得不辞职了。给大家添麻烦了,实在是不好意思。非常感谢大家这段时间对我的照顾。
>
> 古芝伸吾

"这是古芝本人的笔迹?"

"应该是的。指导过古芝的一位员工也是这么说的。"

草薙点了点头。目前看来,古芝伸吾的失踪应该是他早就计划好的。草薙从上衣内兜里掏出一张长冈修的照片,放在了仓坂面前。"岸谷警官应该已经把这张照片给大家看过了,当时的情况您还记得吗?"

"嗯,记得,好像说是这个人给我们工厂打过电话。"

"是的。"

"已经向全体员工确认过了,没人认识这个人。"

"当时也向古芝确认了吧?"

"确认过……"

"当时古芝的反应有没有什么不对劲的地方?比如,忽然变得很慌张或者陷入沉思什么的?"

仓坂表情困惑，反复眨着眼睛。"好像没有什么过于奇怪的反应。为什么会问这种问题呢？您怀疑那孩子撒谎了吗？"

"没有，我没有这么草率地下这种结论的意思。"草薙的脸上堆着笑，摆了摆手。

"警官先生……"仓坂严肃地看着草薙，"我不知道你们在调查什么，但是古芝绝对不会做坏事。如果他被卷进了什么案子，那他也一定不是加害者而是被害者。这一点我是可以保证的。"

对方激昂的语气震住了草薙。"我会牢记您的话。"草薙小声回应道。

草薙想看一看工厂，身为厂长的仓坂便亲自陪同。一辆铲车停在门口。

"古芝也会驾驶这个吗？"草薙随口问道。

"会。到我们这儿之后他马上就考取了普通驾照，然后又去铲车驾校学习，大概五天之后就学成了吧。"

"他有驾照？"

"嗯，去年秋天买了车。"

"买了车？什么样的车？"

"是一辆二手的小型客车。他说要是和朋友去野营的话，这种车比较合适。我见他偶尔会把车停在工厂的停车场，是一辆白色的车。"

那辆车的情况现在还没有确认。古芝伸吾如果是用那辆车行动的，也许会成为一条线索。

"所谓的朋友是什么样的人呢？工厂的同事吗？"

"不，不。"仓坂摆了摆手，"就像我一开始说过的，我们工厂的员工都是高龄人群，没有能和古芝一起出去游玩的年轻人，我想可能是他学生时代的朋友吧。"

草薙点了点头，认为还是去古芝的高中询问一下比较好。不知为何，汤川的脸此时浮现在他脑海。

工厂内，机床并排而列，大概有十个工人正在工作。定睛一看，他们的工作内容各有不同。

"我们工厂主要做单品加工，大部分都是用于生产线的零件或夹具。"在嘈杂的机器噪音和金属被切断的声音中，仓坂大声说道。

"夹具？"

"在加工零件或成品时，需要把它紧紧固定住，对吧？简单地说，就是为此而专门制作出来的装置。"

仓坂从手边拿起一张设计图向草薙展示，上面写着"治具"，但据仓坂说，这只是音译的汉字，英语应该写作"jig"。

草薙再次深刻地认识到，看来与科技或制造相关的事，自己知之甚少。

"古芝主要做哪些工作？"草薙大声问道。

"什么都做，他的手很灵巧，研磨什么的也一学就会。工作热情高涨，每天下班后，还一个人留下来钻研各台机器的使用方法。我也是为了让他能够尽早独当一面，才默认了他的做法。我家离工厂只有五百米左右。他有时候到十一点还来我家还办公室的钥匙,问他怎么做到这么晚,他回答说不知不觉就干得入迷了。"

从仓坂的话中可以听出古芝伸吾好像非常热衷工作。他从大学辍学,会不会是因为想尽早出来工作呢?

二人刚走出工厂,便看到刚才那个叫小友的女人小跑过来。"厂长,有您的电话。"

"哦,是吗?那,警官先生,我就送到这儿了。"

"给您添麻烦了,非常感谢。"草薙点头致意。

目送仓坂朝办公楼走去,草薙也准备离开。这时,一个犹豫的声音传来:"那个……"小友正抬眼看着他。

"怎么了?"草薙问道。

"刚才照片上的人给我们工厂打过电话,大概两个月前。"她说的是长冈修。

"对,我们也发现了通话记录,有什么问题吗?"

"这个……虽然我没有对先前来的警官说……"她难为情地说道,"接那通电话的,应该就是我。"

"您想起什么疑点了吗?"

"不是,我不记得对方的名字了,所以先前那位警官来的时候,我只能说不知道。但是,因为和古芝有关,我才想到会不会是我接的那通电话。"

"怎么回事?"

"因为他问到了古芝的事,问我们工厂有没有叫古芝伸吾的员工,是一个男人的声音。我当时说有。"

草薙向前迈了一步。"他接下来说了什么?"

"他说非常感谢,只是确认一下,让我不要多虑,然后就挂断了电话,也没有报上姓名。我当时是觉得有些不对劲,不过对方既然说了无须多虑,我也就没当回事。"

"您有没有向古芝说过这件事呢?"

"没有,因为我不想做多余的事。我是不是把这件事告诉他会好一点呢?"

"不,这个我也说不好……"如果这通电话是长冈修打来的,那他的目的是什么呢?确认了古芝伸吾在这家工厂,接下来打算干什么呢?

"还有一点……"小友说道,"其实前些日子,还有人来过电话。"

"前些日子?"

"好像是古芝无故缺勤的第二天吧,有人打电话来问古芝在不在,我回答说他今天休息,对方说了一句'是吗',就把电话挂了,连问对方姓名的时间都没有。"

"是男性的声音吗?"

"是的,我觉得应该是个成年男子。"

"那个电话号码,还留在通话记录里吗?"

"那应该是用公用电话打的,我想着应该问问对方的名字,不过他很快就把电话挂了。"

"公用电话啊……"草薙陷入了沉思。如今,不到万不得已,很多人都不会选择公用电话,因为虽然来电号码不会被保存下来,但对方看到无法显示的号码,很可能认为是公用电话打来的,从而拒接。

"呀,小由里!"小友高声喊道,朝大门方向挥了挥手。只见一个穿着浅驼色外套的年轻女孩正从工厂的大门前走过。她一边走一边匆匆朝这边点头行礼,大大的眼睛让人印象深刻。

"她是厂长家的千金,叫由里奈,是个温柔的好孩子呢。"小友高兴地介绍道。"啊,对了!"小友好像想起来什么似的,压低了声音说道,"小由里之前经常来这儿和古芝见面。"

这句话草薙可不能置若罔闻。"一般是什么时候?"

"休息时间吧,来找古芝辅导高中数学或物理什么的。古芝看起来很擅长辅导功课,但是应该不只如此,小由里好像喜欢上古芝了,大家都这么传……啊,这种事千万不能告诉厂长啊。"小友把食指竖在唇前,随后向草薙告别,走向了办公楼。

在小友的身影消失前,草薙便跑了起来,他冲出大门,朝离他几十米远的仓坂家千金追去。

在环状七号线沿线有一家家庭餐馆。草薙问仓坂由里奈想喝点什么,由里奈说什么都行,草薙便点了自助式饮料,但他觉得由里奈好像并没有去取饮料的意思,只得拿了一杯咖啡放在她面前。由里奈细声细气地道了谢,但仍沉默地垂着头,也没有伸手去碰咖啡杯的意思。

草薙认为她可能并不是不开心,只是在紧张罢了。这也难怪,回家途中碰到一个不认识的男人,还是个警察,她能和自己来到这里就不错了。

"发生了一些状况,我们正在寻找古芝伸吾。仓坂厂长……你父亲很挂念这件事,你也很担心他吧?"

由里奈轻轻地清了清嗓子,说道:"我和他没那么亲近。"

"但他辅导过你学习吧?"

"那种事……也只有一两回。"

"据厂里的员工说,好像不只是这样。"

"我说的是真的,是那些人误会了。"仓坂由里奈依然垂着头,语气坚定地说。

"是吗?那就没办法了。关于他的情况,你也一无所知吗?学习之余,你们闲聊过吧?那时古芝没说过别的事情吗?比如说他以前住在哪儿,或是他以后想要去哪儿住之类的。"

仓坂由里奈的刘海晃动了一下。"那种话,他没说过。"

"那关于他的朋友呢?他说过谁和他关系比较亲近吗?"

"没有。"由里奈猛地站了起来,"我真的什么都不知道,所以无法回答您任何问题,对不起。"长舒一口气后,她抱起书包,夺门而出。她自始至终都没脱掉外套,更没有看过草薙一眼。

周围的客人无所顾忌地盯着草薙,他只得抿了一口咖啡。

该如何看待她的反应呢?这很难下定论。被一个陌生男人刨根问底般追问自己意中人的情况,这的确令她很不愉快,有这种反应也是正常的——草薙正这样思索着,手机响了,是间宫打来的。"是我。"草薙接起电话。

"关于古芝,查到什么了吗?"

"这个……他是名优秀的员工,这一点是确认了。"

"你在说什么啊。"

"还有,我觉得长冈的目的应该是要找古芝伸吾。"草薙说出了小友提供的线索。

"被害人很可能和古芝伸吾接触过?"

"是的。"

"好,明白了。还有,你接下来去跟内海会合吧,古芝秋穗的真正死因查清楚了。"

"怎么回事?"

"你肯定想不到。死因是输卵管破裂导致的休克死亡。古芝秋穗怀孕了,而且还是宫外孕。"

"这个……确实太出乎意料了。"

"再告诉你一个让你意想不到的事吧,就是她死亡的地点。"

"地点?在哪儿?"

间宫煞有介事地深呼吸了一下,说道:"是东京的酒店,她死在一家高级酒店的商务套房里。"

16

事发酒店位于六本木。

草薙在大堂和内海薰会合后,决定马上在办公室里询问两名了解当时情况的员工。二人分别是当夜为古芝秋穗办理入住手续的前台办事员和发现尸体的服务生。

据那个沉着冷静、姓吉冈的前台办事员回忆,古芝秋穗是在去年四月二十日深夜十一点多办理的入住手续,住的是十万日元一晚的商务套房。她当时用现金支付了十三万日元订金,没有同行者。

"是用真名入住的吗?"

面对草薙的提问,吉冈摇了摇头,随即拿出了一张复印用纸,看上去是房卡的复印件。"用的是这个名字。"

写在上面的名字是"山本春子",住址填着"千代田区"。古芝秋穗从未在千代田区居住过,《明生报》报社的总部则在千代田区,大概是她把报社的地址稍做了修改吧。

"这是她第一次入住你们酒店吗?"

吉冈对此给予了否定的回答。"用这个名字是第一次,因为数据库中无此记录。但是,她以前来过,我碰巧给她办理过入住手续,所以记得。除我之外,还有好几个人说见过她。"

出于工作性质,他应该很擅长记住客人的脸。

"那么,古芝秋穗小姐频繁出入这家酒店,但每次用的名字都不一样?"

"应该是吧,我也是这么想的。"

草薙点点头,情况基本都掌握了。"办手续时,她有什么奇怪的地方吗?"

"嗯……"吉冈一脸愁容,"我当时感觉她的身体很不舒服,脸色很差。我问她要不要紧,她说没事,但也许那个时候她的身体就出现异常了。"

草薙点了点头,把视线转到那个服务生身上,他看上去不到二十五岁。他自我介绍说姓松下。

"你当时大概几点去的客房?"

"第二天下午一点左右。退房手续应该是在正午前办理,打电话到客人房间却没有人接,所以前台让我去看看情况……"

"去了之后,就发现一个女子死在房里?"

松下露出紧张的表情,收了收下巴。"她横躺在床上,床罩被鲜血染得一片通红。我慌忙联络了前台。"

这家伙当时一定吓坏了,草薙对这个年轻的服务生感到同情。

"我对着电话说客人被杀了,因为我当时认为她是被刀具之类的东西刺死的,多亏了巡逻警车来才没有引起大骚动……之后上司也严厉地斥责了我。"松下满怀愧疚地耸了下肩。

这也难怪,草薙暗想,在新刑警中,一见大量鲜血就大惊失色的人也不在少数。

看完内海薰提供的资料,草薙大致了解了此后的情况。救护人员确认了女子已经死亡,随后并未将尸体运往医院,而是送到了辖区的警察局。这既不是他杀也不是自杀,最终被认定为输卵管破裂,失血过多导致休克死亡。警方判定这不是一起刑事案件。

"这么大的套房,一位单身女子住是不是有点过于宽敞了呢?这一点,你们怎么认为?"草薙来回看着吉冈和松下。

"正如您所说,"吉冈答道,"恐怕还会有其他人来这个房间吧,但是对此我只能说一无所知。我不是刻意隐瞒什么,所谓酒店,就是这样一种地方。"

"我知道了,还有最后一个问题。"草薙竖起食指,看了一眼旁边的内海薰。

"这个人来过吗?"内海薰拿出一张照片给二人看,是长冈修的照片。

松下歪着头思索,吉冈却"啊"了一声,点了点头。"是这位先生啊。"

"你见过他吗?"草薙问道。

"上个月月底来过,说是要对去年四月发生的女性死亡事故进行采访，找我问问详细情况。听他的语气，好像是在网上得知这一消息的。"

"你当时是怎么说的？"

"我说事关客人隐私，如果不是其遗属，我无可奉告。我还特意强调，将这称之为死亡事故并不准确，客人是因病去世的。"

"原来如此。"

对于酒店而言，死亡事故和因病去世有天壤之别，所以他才会特别指出。

总之，长冈修和古芝伸吾之间有了清楚的联系。将这二人联结起来的，正是古芝秋穗的死。

"你刚才也提到了遗属，"内海薰问道，"你见过他们吗？就是那位去世女子的家属。"

"没有，我从没见过……"吉冈看了一眼松下。

"我见过她弟弟。"松下说道。

"什么时候？"草薙问。

松下歪着头想了想，说："我记得应该是去年五月吧。他给前台打过电话，说想了解姐姐去世时的详细情况，我就在这个房间里向他说明了一下。"

"都说了什么内容呢？"

"也没什么特别的，就是当时屋里的情况啊门牌号之类的……不好意思，因为是很久之前的事了，详细情形我记不清了。"

"是这个人吗？"草薙把古芝伸吾的照片拿给他看，是贴在履历上的那张。

"是他。"松下答道。

向二人道谢后,草薙和内海薰离开了办公室。

"问题在于那个神秘的男子。"内海薰边走边说,"古芝秋穗应该是在和某个人幽会。"

草薙同意这个看法。

"让女方用假名开房,然后自己再直接去房间。这个人相当谨慎,看来应该有家室,可能是婚外情吧。"

内海薰忽然停住了脚步,指了指电梯间。

"怎么了?"草薙问。

"刚才在等您的时候,我发现这部电梯可以从地下停车场直达客房。"

"嗯……"草薙点头称是,明白了她的意思。

"那么……"内海薰继续道,"因为有了这部电梯,对于那些不愿意和工作人员打照面的客人而言,这儿就变成了一个非常方便的幽会地点。"

"这也正是古芝秋穗入住这家酒店的理由吧。"草薙接着说道,"看来对方是个赫赫有名的人物。"

"是的。还有,从去年秋天开始,长冈一直在追查大贺议员的异性关系和绯闻。"

草薙眉头紧锁,用拇指抹了一下鼻尖。"回本部吗?刚才你这番话对那位大人物可是很不利啊。"

"先去地下停车场看看吧。"内海薰从包里掏出数码相机,向电梯走去。

大约一个小时后,草薙、间宫和内海薰聚在了警察局的小会议室里,和他们隔桌而坐的是本案的实际负责人——管理官多多良。间宫提议先不要将这些情报告知其他侦查员,所以使用了这个小会议室。

桌上放着两张照片。一张是在长冈修的电脑中发现的,应该是他跟踪大贺仁策的车时偷拍的某个停车场,另一张是内海薰拍摄的古芝秋穗死亡事发的那家酒店停车场。毋庸置疑,两张照片拍的是同一个停车场。

长冈修的照片是前年十一月拍摄的,当时古芝秋穗还活着。

多多良满头白发,戴着金边眼镜,看起来像个儒雅的知识分子。他听完草薙的汇报后,沉吟片刻,语气沉重地说:"死亡女子的交往对象可能是大贺议员?真让人吃惊。如果这件事是真的,的确非常难办。"

"入住手续都由女方来办,而且用的是假名,每次都住价格昂贵的商务套房,如果交往对象是大贺议员,那一切就解释得通了。专任记者有时还会和自己所负责的政治家一起去海外考察,即便有点特殊关系也不足为奇。"

听完间宫的说明,多多良表情不悦地点了点头。"交往对象是大贺议员,和本案又有什么关联?"

间宫看着草薙,那目光好像在说"你来解释吧"。

"被害人长冈修,在对超级科技新城计划进行取材的同时,也在调查大贺议员的私生活,证据就是那些照片,可以看作是跟踪时偷拍的。某天,长冈可能忽然察觉到了大贺议员的一些不自然的举动,比如独自一人开着奔驰驶入酒店的地下停车场。见此情景,谁都会怀疑议员是来和情人幽会的吧?问题在于那个女人是谁,但我想这种事很难查明。不过,最近长冈得知大贺议员的专任女记者在去年四月死在了他一直盯着的那家酒店中,于是他推断,那位女记者便是大贺议员的情人。为了了解更详细的情况,他决定和死者的弟弟接触。"

多多良听着草薙的推理,指尖敲着桌子,随即将锐利的目光投向草薙。"然后呢?就算他从弟弟口中得知专任女记者确实是大贺议员的情人,为什么又被杀了?"

"这个……目前还不清楚。"草薙支支吾吾地说道。

"不好意思……我能说一下吗?"内海薰小心地问。

多多良用下巴示意她说说看。

"在酒店问话时我产生了一个疑问,为什么房中只有古芝秋穗一个人呢?"

"那是因为对方,也就是大贺议员先回去了吧?"多多良回应道,表情好像在说:"这种事还用问吗!"

"那么,议员是什么时候回去的呢?"内海薰翻开笔记本,"从辖区警察局调来的资料看,发现古芝秋穗遗体的时候,已经是死后十小时了,发现时间是下午一点,可见,死亡时间最迟也是凌晨三点,那时,议员已经回去了的话……"

"这没什么不正常的吧?议员是有家室的,就算定了套房,也不一定在那儿过夜,和情人云雨一番之后立刻回家反而合理。"

"这也有可能,"内海薰舔了舔嘴唇,"但她还穿着衣服。"

"什么?"

"古芝秋穗是在穿着衣服的状态下死亡的。请各位想想看,一个为了偷情而去幽会的女人,深夜时分可能穿着衣服吗?"

多多良和间宫对视了一眼,然后一齐向草薙投去了询问的目光。

"这确实很不自然。"草薙说,"他们当时很可能还没有上床,也就是说,古芝秋穗输卵管破裂的时候,正和大贺议员待在一起。"

"喂!这话可不能乱说。"多多良指了指草薙,"如果是这样,大贺议员当时为什么不叫救护车?"

"这正是我接下来想说的。"内海薰说,"议员害怕婚外情被公开,没有联系任何人就离开了,结果造成了女方死亡。如果真是这样,这就是一条爆炸性丑闻。我不太懂政治,但在某些情况下,这应该会关乎政治家的政治生命吧?"

"不用在某些情况下,这种事对他的打击是致命的。"

"这样一来——"

"停!"多多良打断了内海薰的话,"你想说的我都知道了。被害人长冈修肯定也有同样的推论,然后有个不希望他把这件事报道出去的人将他灭了口,对吧?"

"您说得一点都没错。"

"这个推测还算说得通,但你忘了一件非常重要的事——凡事都需要证据。只要大贺议员一口咬定和那个女子没有那层关系,我们也无计可施。即便真的证明了他们之间有暧昧关系,只要他坚称事发时二人不在一起,就能置身事外。女子穿着衣服这种事只能算是间接证据,对吗?"

"嗯……您说得没错……"内海薰有点底气不足了。

"但是,"多多良双臂环抱,看着下属们,"如果还有我们没查到的线索和这些推断有什么联系的话,那就另当别论了。不管怎样,这件事和本案不无关系。我会跟科长和理事官讨论此事,研究怎样进一步展开调查。方针确立前,这件事先不要外传,对其他侦查员也要保密,明白了吗?"

一旦和知名议员这样的大人物扯上关系,似乎连多多良也变得小心谨慎了。草薙等人也只能回应"明白了"。

17

站在校门前,他抬头望着校名。不愧是那个人的母校,就连刻在上面的"统和高等中学"这几个字都洋溢着一种别样的风格。这所高中历史悠久,且以高升学率闻名。

这便是那个人——汤川学的母校,同样也是古芝伸吾的。关于古芝伸吾的行踪,或许在这里可以获得一些线索,他抱着些许期望而来。事先已经和古芝伸吾高三时的班主任、一名姓谷山的老师打好招呼了。

此时学生们正三三两两地结伴回家,看来已经放学了。

谷山在会客室和草薙见了面。谷山是个身材矮小、皮肤黝黑的男子,教语文。他抱着一本资料册和看上去像毕业纪念册的东西。

"他从大学辍学这件事,是前几天警方联络我的时候才知道的。我吃了一惊,因为之前完全没有耳闻。"

"古芝毕业后,联络过您吗?"

谷山摇了摇头。"一次也没有。唉，学生毕业了，大多都是如此。"

"关于他辍学，您是怎么看的呢？他是那种性格的人吗？换句话说，他不是那种再苦再累也要上大学的人？"

"不，"谷山用力地摇摇头，"这我不能想象。进行升学指导的时候，他说过无论多么艰辛都要把大学读完，一直以来都是姐姐在照顾他，他以后也要尽可能赚钱养家。幸运的是他拿到了奖学金，还以为这样一来就没有什么可担心的了……"

"我在电话里也和您说过，他现在音讯全无。关于他的下落，您有什么头绪吗？"

"没有，完全没有。"

"您知道他高中时经常去哪些地方吗？比如游戏中心或快餐店之类的。"

"这个……"矮小的语文老师的脸皱成一团，"学生的行动，我们是不可能完全掌握的……"

草薙想，看来从这个老师口中得不到什么有价值的线索了。"古芝有没有什么关系亲近的人呢？比如同班同学。"

"嗯……倒是有。"谷山把资料册在桌子上翻开。在标有"三年级二班"的名册上，整齐地印着三十几个人的名字和联系方式。"经常和古芝一起玩的，应该是这几个人吧。"谷山指着几个名字说道。

虽然谷山的语气听上去有点不确定，草薙还是把那几个名字抄在了笔记本上。

"古芝参加社团了吗？运动类社团之类的。"

"嗯……我不记得他参加过。"谷山翻开毕业纪念册，最后几页有体育节和文化节的照片，各个社团和小组的纪念照也在其中。"是这个。"谷山指着其中一张照片，"想起来了，我想起来了！是物理研究会。刚升入高三，他自我介绍时说过，这个社团就剩他一个人了，有解散的危机。"

照片中有古芝伸吾，他旁边还站着两个明显比他还年轻的少年。他穿着白大褂，面无表情。

"社团就剩他一个人了？这么说三年级成员只有古芝自己了？"

"对，但好像有一年级新生加入了。"谷山看着照片说道。看来他也是现在才知道，根本没兴趣留意这种事吧。

同年级的成员只剩古芝，应该也没有一个因一起参加社团活动而亲密起来的伙伴了。

"担任顾问的老师是哪一位呢？"

"物理研究会吗？啊……是谁来着？我问一下吧。"谷山说了句"稍等"，便拿出手机拨打电话。低声交谈一会儿后，他挂断了电话。"我问清楚了，是一位姓天野的物理老师，已经往这边来了。"

"非常感谢。"草薙连忙道。谷山虽然帮不上忙，但非常热心。

不一会儿，一名自称天野的教师便现身了。不知是不是想弥补已经光秃的前半部分头顶，他把后面的头发留到了肩头。他看上去四十五岁左右,和谷山比起来,是个高挑瘦弱的人。

"虽说是顾问,其实也没做什么,充其量是个器材管理员吧。成员也少得可怜,古芝那一届就他一个人。"天野不好意思地说,"不过古芝升入高三时,在新生欢迎会上做了非常精彩的演示,马上吸引了两名新生进入社团。我当时也吃了一惊,据说那是我们物理研究会的一位前辈指导他做的,古芝应该无法独立做出那么了不起的装置。真不愧是帝都大学的老师,着实令人钦佩。"

草薙正在记录,闻言,他立刻停住了手,看向天野,"帝都大学?"

"就是那位帮忙的OB,他现在在帝都大学任教。"

"他叫什么名字?"

"名字……嗯……叫什么来着,我就见过他一次。"天野一边小声嘟囔,一边挠着秃秃的头顶。"啊,对了!汤川先生,嗯,是汤川先生。因为和那个拿诺贝尔奖的人同姓,所以我有印象。"

为了掩饰狼狈,草薙深吸了一口气,慢慢地呼出。面前的人并不知道他和汤川的关系。"那位老校友来帮古芝的忙,大概是什么时候的事?"

"嗯……古芝即将升入高三之前吧,也就是两年前的三月份,有两三个星期,汤川先生和古芝一起研究制作。那位汤川先生那期间几乎每天都会来我们学校。古芝曾说过他帮了大忙,对他感激涕零。"天野完全没注意到草薙充满惊愕的样子,笑容满面地说完后，才诧异地问道，"这件事很奇怪吗？"

"啊，没什么。最近您和古芝有联系吗？"

"没有。我从谷山老师那儿听说古芝现在行踪不明，他会不会出了什么意外？"

"不好说……"草薙随口应道，他现在没有多余的精力解释这种毫无意义的问题。看来从这位教师身上无法获得更多线索了。"现在社团成员有几个人？"

"三个。刚才说的两个一年级新生现在是二年级，去年又有一个新生加入了。"

"我可以问他们一些问题吗？"

"应该可以……不知道他们今天来了没有……"天野一边自言自语一边掏出手机，看来是要给学生打电话。在校内老师居然用手机跟学生联络，草薙再次感到时代变了。

"已经和学生联系了，两个高二生都在，您现在要去见他们吗？"

"那就拜托了。"草薙站了起来。

天野带草薙来到了另一个房间。房门上挂着一块写有"理科第一实验室"的门牌，屋内并排摆放着八张宽大的操作台。这里主要是做物理实验的，化学实验则是在理科第二实验室。

在屋里等着的是两名男学生，一个姓石冢，另一个姓森野。两个人都很瘦，皮肤也很白。石冢戴着眼镜。

二人旁边的操作台上放着平板电脑和漫画杂志，怎么看都不像是在做物理实验。

天野向二人说明了草薙的身份,并主动解释说现在古芝伸吾行踪不明,需要配合调查。恐怕天野在心中已经把自己当成协助办案的警察了。

"最近,古芝伸吾和你们联络过吗?"草薙提出了第一个问题。

"古芝前辈毕业之后,几乎就没联系过了吧?"森野向石冢确认道。

"嗯。"石冢点了点头,"去年的那个时候就是最后一次见?"石冢尾音上扬,他看起来像个优秀的学生,说话方式却和时下的年轻人一样不客气。

"那个时候?"草薙问道。

"去年的……十月份吧?"石冢不确定地回答。

森野点了点头。"应该没错。"

"是通过电话联系的吗?"

"不是,他来过这里。"石冢答道。

"古芝来过这里?"

"对。"石冢并没有因为古芝是前辈而使用礼貌的称呼,"他来取一件私人物品。"

说这句话时,石冢敷衍地用了尊敬的口吻,但现在不是在意这种事的时候。

"私人物品是什么?"

"是前辈制作的一个装置,虽然已经拆分并存进了库房,他还是担心会占用空间。那还真是个大家伙,我们帮他搬到了车上。"

"那辆车是白色的小型客车吗?"

石冢略微思考了一会儿,答道:"我想应该是的。"

"自那之后,古芝就再也没来过吗?"

"可能是吧。"石冢答道。

坐在他旁边的森野犹豫地说:"前天我也是这么回答的。"

"前天?回答谁?"

森野和石冢面面相觑。

"怎么了?不能告诉我吗?"

"如实回答。"站在一旁的天野对二人说道。

森野挠了挠头,噘起嘴说道:"OB 来了。"

"OB?"

"我们社团的 OB,那个人也问了古芝前辈的事情。"

"他是个……什么样的人呢?"草薙问道,但在二人做出回应前,一个人的脸就已浮现在他的脑海中。

18

去向告知板上写有"在室"的方格内吸着一块红色磁铁,草薙确认后敲了敲门,没等回应便推门而入,大步流星地向里走去,环顾室内。只见汤川跷着二郎腿坐在椅子上,没有穿平日里常穿的那件白大褂。

汤川慢慢地转动椅子,转向草薙。"真是粗暴的出场方式。造访前打个电话来比较合乎礼仪吧?"

"我可不想给你佯装不在的机会。"

"佯装不在?我有必要这么做吗?"

草薙毫不客气地走向汤川。"我去了你的母校,统和高中。"

汤川抬起下巴。"是一所很优秀的学校吧?再过一阵子,校园里就会开满樱花。但秋天会有毛毛虫出没,让人很是为难哪。"

草薙对汤川的俏皮话置若罔闻,走到汤川面前,俯视着他。"为什么要隐瞒?你应该很了解古芝伸吾的情况吧?"

汤川失望地摇了摇头。"你是从有名无实的物理研究会顾问那儿听来的吧？那个起不到任何作用的'沙悟净'。"

"你去帮忙准备吸引新生入社的演示了吧？时间还长达三个星期。"

"准确地说应该是十八天。"

"多少天都无所谓！我对你说出古芝伸吾的名字时，你为什么要撒谎说不认识他？"

"我可没说不认识他，我当时说的是我对他没什么了解。"

草薙想起汤川当时好像的确是这么说的。"汤川，这次咱们推心置腹地谈谈。"草薙靠在操作台上，"这段时间，我发现这个案子和你有一种微妙的缘分，但我觉得不能用这么含糊的说法了事。对于我来说，这也是迫不得已，这次的巧合太多了。"

汤川默默地站了起来，走近操作台，像往常草薙来的时候一样，把速溶咖啡粉倒入了马克杯。

"你没有说实话。"草薙看着挚友的背影说，"你隐瞒了什么？快实话实说！"

汤川端着两杯速溶咖啡，走回草薙身边，把其中一杯放在了他手边。"对我而言，是想极力避免事情发展到这一步的，但现在好像不行了。"汤川端着马克杯坐到椅子上，"如果我要回答你的问题，就得把古芝的所有事情都告诉你。"

"我说出古芝伸吾这个名字，是上次来找你的时候，但在那之前你就察觉到古芝和这次的案件有关了吧？"

汤川耸了耸肩。"嗯，没错。"

"从什么时候？"

"一开始。"

"一开始？"

"意思就是你第一次来这里调查这件案子的时候。"

"等等，我第一次来是因为被害人往帝都大学打过电话，还有被害人的名片夹里有你的名片。你当时说长冈给你看过那段视频，并求教那一现象的成因，没错吧？"

汤川注视着杯中的咖啡。"虽然不全是谎话，但我要承认当时的说明并不充分。"

"什么？长冈到底是为了什么事来找你的？实话实说吧！"

汤川痛苦地皱了皱眉，这个表情对他而言极为罕见。他又释然般地长舒了一口气。"长冈确实让我看了那段仓库外墙上被开了一个洞的视频，但他事先对我说'这个现象是由某个装置引发的，而制造那个装置的年轻人好像受过您的指导。请以此为前提来看'。"

"看到视频的瞬间，你就知道了那个装置是什么，还有制作那个装置的年轻人是谁，对不对？"

汤川一言不发，陷入了沉默。草薙明白他这是默认了。

草薙从带来的包里拿出一张光盘，看了看汤川桌子上的电脑。"这台电脑能放 DVD 吗？我用一下行吗？"

"要给我看有趣的视频吗？"

"你先看完再说。"

汤川打开光驱,从草薙手中接过光盘,放了进去。不一会儿,液晶屏上便出现了画面。

地点是统和高中的理科第一实验室。操作台上放着一个用长金属板组装起来的装置,上面还连接着许多草薙既不知道名字也不知道用途的器件。不久,一个年轻人站到了操作台旁,是古芝伸吾,他穿着一件深蓝色的运动衫,戴着橡胶手套。

"接下来我们将进行发射的实验演示。因为一天只能进行一次,请各位一定不要错过。虽然我觉得不会出现什么问题,以防万一,请戴好刚才发的护目镜。"

在场听古芝伸吾说话的人可能是因为离得较远,并没有被拍摄到画面中。

他也戴上护目镜,从装置旁离开,走出了画面。"倒计时开始!"他的声音传来。

"三、二、一!"他话音刚落,装置的前端就喷出了大量火星,还伴随着剧烈的爆炸声。若没有做好心理准备,心脏恐怕都受不了。一片哗然随即响起,应该是参观者们发出的惊叹。

古芝伸吾再次出现在画面中,他走到刚才火星乱窜的地方,从装置的前端取下了安装在上面的平底锅。"如各位所见,被彻底贯穿了。"古芝举起平底锅,只见锅的正中央被开出了一个直径约三厘米的洞。视频就此结束。这是草薙从物理研究会的电脑里复制过来的。

"有何感想?"草薙看着汤川问道。

物理学家推了推眼镜。"我也是第一次看，只能说极其完美，实验非常成功。看来吸引新生加入社团的演示进行得非常顺利。"汤川打开光驱，把光盘取出来还给了草薙。

"这是磁轨炮吧？"草薙一边收起，一边问汤川。

"没错，原理你已经听物理研究会的人讲过了吧？"

"算是吧。"草薙撇了撇嘴，"弗莱明左手定则嘛。"其实草薙知道的就只有这一个词而已。

"对，这是洛伦兹力。在两根金属导轨间放上导体，如果瞬间接通大量电流，由于和产生的磁场间的相互作用，导体会受到一个很大的力。原理其实很简单。"

"这台磁轨炮在去年秋天被古芝伸吾取走了，这件事你怎么看？"

汤川没有作答。

"当时看完视频后，长冈对你说了什么？"

汤川凝视着某处说："他问这个装置能不能用来杀人。"

草薙咽了一口唾沫，问道："你怎么回答的？"

"磁轨炮不是杀人的工具。"

"长冈什么反应？"

"他问如果对着人发射，会有什么后果，会不会和那个被打穿了的墙一样。"

"你说什么？"

"我说没试过，所以不知道，也不知道这么做有什么意义。"

"为什么这么说?"

汤川指了指草薙带来的光盘。"通过刚才的影像就能看出，磁轨炮是个庞大的装置，和手枪、步枪这种简便易携的武器不一样。如果对人射击，不把对方固定到某个地方，是无法命中的。与其用它来杀人，还不如用刀这类尖锐的东西，用不着特意把磁轨炮运走。然后长冈问我有没有什么办法、会怎么做。"

"那你又是怎么说的?"

"我说用磁轨炮去射击移动中的人几乎是不可能的，而且我根本就没有过这种想法。然后……"汤川推了推眼镜，目不转睛地看着草薙说，"如果制造此装置的年轻人是我认识的那个，我相信他肯定也不会有这种愚蠢的念头。"

"长冈对此怎么回应?"

"他说明白了。"

"长冈并没有提到古芝伸吾这个名字?"

"是的，不过，他说了这样一番话：'这段视频是我偷拍的，这个装置的制作者对被偷拍一事一无所知，所以不要去找他确认，也不要告诉他我来过这里。作为交换，我会尽力阻止他做出傻事来。'"

"看来长冈是从古芝口中得知了你的事?"

"虽然没有确认，我想应该是这样。"汤川喝了一口咖啡，看向草薙旁边，"你不喝吗? 都凉了。"

"我第一次来这里调查这件案子的时候，你为什么不说实情呢？如果我当时就得知了这些信息，说不定现在早就找到古芝伸吾了。"

"古芝和这次的杀人案毫无关系，我一直坚信这一点，所以我觉得还是不要说多余的话。"

"既然如此，你又为什么给仓坂工机打电话？"草薙说完，看见汤川的眉毛动了动，他便确信自己的直觉是准确的。"案发几天后，有人匿名往仓坂工机打了通电话，用的是公用电话，询问古芝伸吾在不在。那个人就是你吧？"

汤川放弃般地点了点头，将马克杯放在了桌子上。"我不认为案子和古芝有关，但还是有些在意，就先打了他的手机，一直打不通，才往仓坂工机打了匿名电话。"

"你早就知道古芝在仓坂工机上班？"

"开学后不久，他曾来问候过我。此后一直没联系，我便给他打了电话，他说，他姐姐病逝后，他就辍学参加工作了。我当时还问了他上班的地方。"

"原来是这样。后来你往仓坂工机打电话，得知古芝伸吾一直缺勤，就开始越来越在意那个两年前你们二人通力合作制作出来的磁轨炮，你还回母校确认了磁轨炮是否被安全地保管着。我没说错吧？"

汤川轻叹一声。"大致如你所说。"

"仓库的外墙突然被开了一个洞、摩托车起火燃烧、屋形船的窗户被打碎，如果这都是用磁轨炮所为，就说得通了。"

"我只能说有这个可能。只是……"汤川继续说道,"我始终坚信古芝和杀人案无关,你追查他也没用。"

"那为什么古芝要把磁轨炮从学校运走?深更半夜跑出去发射它的理由又是什么?"

"现在并不能证明这些行为都出自古芝之手,就算真是他做的,不对他进行讯问,也无法得知他的目的。"

草薙凝视着汤川,虽有片刻犹豫,还是决定把事情告诉这个人。"哪怕一刻也好,我们必须尽早找到古芝伸吾。我想,他隐藏行踪是为了报仇。"

"什么?"汤川眉头紧皱。

草薙告诉汤川,古芝秋穗的死很可能是其情人大贺仁策见死不救所造成的。"长冈接触古芝伸吾的原委目前还不知道,但他极有可能是对古芝秋穗的死起了疑心,然后去酒店调查,明白了事情的真相。那么长冈为什么要偷拍能展现磁轨炮威力的视频呢?据我推测,是长冈察觉到了古芝伸吾的目的,那就是报仇。原本一通急救电话就能救姐姐的性命,大贺仁策却见死不救,古芝便想用磁轨炮杀死大贺仁策。"

汤川摘下眼镜,放在桌上,怒视着草薙。"这不可能!"

"你为什么这么笃定?因为古芝伸吾是个好青年吗?那他把磁轨炮运走的理由是什么?射击仓库外墙的理由又是什么?难道不是为了测试磁轨炮的威力吗?"草薙站了起来,指着挚友的胸口,"我以警视厅搜查一科搜查主任的身份,请帝都大学的汤川学副教授和我一起去特搜本部走一趟,为我们详细解说磁轨炮的情况,再说一说你指导古芝伸吾制作这个武器的事。"

"我拒绝,还有,磁轨炮是实验装置,不是武器。"

"如果为杀人而使用它,那它就是武器。"

"我说了,他不会做出那种事。"

二人相互怒目而视,沉默地用眼神对抗。

先把目光移开的是草薙。"你要是不肯配合,我也没办法。关于磁轨炮的说明我还是拜托科搜研①的人吧,有视频在手,应该不会有什么问题。只是……"草薙做了个深呼吸,继续说道,"在案子告破前,我不会以朋友的身份和你接触,要是我来这儿,便是以一名刑警的身份来的。"

汤川慢慢地点了点头。"我会记住的。"

草薙转过身,径直朝门口走去。汤川默不作声。

---

① 即科学搜查研究所,警视厅及各道、府、县警察本部均设有此机构,负责勘验犯罪现场、证物搜集及鉴定等工作。

19

看到笔记本电脑的画面中,古芝伸吾进行磁轨炮试验的视频,间宫皱起了眉头。"这个年轻的家伙还真麻烦。笨蛋固然让人头疼,但太聪明了也让人费脑筋啊。居然能制作出这种东西来。虽不想责备汤川老师,但他真教出了一个了不得的徒弟,而且还知情不报。"

"我给科搜研的人看过了,他们说原状态下也具备相当大的杀伤力,更何况现在已被改良,威力极有可能得到了大幅提升。"草薙把那三张拍有奇异现象的照片摆到了间宫的面前,"古芝伸吾进入仓坂工机工作,掌握了金属加工技术。可能从一开始,他就是抱着改良磁轨炮的目的出去工作的。"

"从大学辍学也是?"

"恐怕是的。"

间宫托着腮,深深叹了口气。"他从近一年前开始就下定决心报仇了吗?这份执念真是深得可怕。"

"父亲亡故后,身为姐姐的秋穗对古芝伸吾而言就是唯一的旁系亲属了,并且一直在抚养他。考虑到秋穗是因大贺议员见死不救而死在酒店里,他恨不得要杀死大贺议员的心情是可以理解的。"

"关于大贺议员……"间宫环顾四周,轻轻向草薙招了招手。看来他是不想让其他人听见。在间宫的直属部下中,只有一小部分人知道这个案子可能和大贺仁策有关。

草薙把脸凑近。"又掌握什么新线索了?"

"古芝秋穗和大贺议员有不正当关系这一传闻,在一些人中间流传过,但是这段时间居然没人提了。古芝秋穗一死,这些传闻也自然而然地消失了。"

"这个传闻应该也流入了长冈的耳中吧?"

间宫点了点头。"很有可能。"

"做了种种调查的长冈,得知古芝秋穗在那家酒店突然死亡后,为了掌握更为详尽的情况,他和古芝伸吾见了面,没错吧?"

"正是如此。负责追查古芝伸吾行踪的侦查员,在古芝姐弟曾居住的公寓里找到了一些有趣的线索。"

"曾居住的公寓,也就是古芝秋穗的住处吗?"

古芝伸吾是在去年五月进入仓坂工机工作后,搬到工厂旁边的小公寓的,此前他都和姐姐同住,可能是觉得一个人住公寓有些浪费。

"大约两个月前,好像有一个人去公寓那边打听是否知道古芝伸吾搬去了哪里，从年龄来推测，很有可能是长冈。"

"那有人告诉他吗？"

间宫摇了摇头。"没有。就连和他们姐弟关系最为亲近的隔壁邻居，古芝伸吾也没有说自己搬去了哪里，只说去足立区的一家零件加工厂了。"

草薙打了个响指。"得知了这一点的长冈修，就往位于足立区并符合条件的工厂打电话，终于在仓坂工机找到了古芝伸吾。"

"我也是这么想的。"

"事情都串在一起了。这样一来，如果大贺议员能承认和古芝秋穗的关系，就近乎完美了。"

"你小声点！"间宫歪着脸，"关于这件事，刑事部长私下询问了大贺议员的办公室，对方回答说，大贺议员记得有个姓古芝的记者，但与她没有任何私人关系。他本人否认了，我们手里也没有任何证据，根本无计可施。现在从刑事部长到科长都下达了指令，在调查的时候尽量不要提议员的名字。"

"这算怎么回事啊！让我们怎么办？"

"我们负责的是长冈修被杀一案，至于今后发生的案件，不需要我们插手调查。"

"这倒也是，毕竟关乎议员的政治生命。"

间宫挺直身子，目不转睛地看着草薙。"如果古芝伸吾的计划是报仇，那你觉得他和这次的杀人案有什么关联？"

草薙看了看桌上的照片。"据内海说，长冈在去拍摄那段利用磁轨炮把仓库外墙轰出大洞的视频前,一直和恋人渡边清美在一起,还说过'那个年轻人好恐怖'。后来长冈还去向汤川确认用磁轨炮能不能杀人。他很可能已经察觉到了古芝伸吾的计划,并断言一定会阻止古芝伸吾。"

"嗯……现阶段要想阻止他也不是很难,只要报警或让大贺议员的下属知道这件事就可以了。"间宫点了点头,"对古芝伸吾而言,情况会变得不利,自己的计划很可能会化为泡影。一旦他知道复仇计划已经暴露,就有充分的动机杀害长冈。"

"有道理,虽然还有很多疑点。"

"什么疑点?"

"长冈是怎么得知古芝的计划的?不可能是古芝主动告诉他的吧?"

"这的确是个疑点。"

"还有,我们并不知道古芝会在什么时候、怎样操纵磁轨炮。据汤川所言,用磁轨炮去射击移动的人几乎是不可能的,我认为他的说法很有说服力。"

间宫撇着嘴,点了点头,说了一声"好吧",站起身来。"以这些为依据和中心,我会向管理官提出重新制定调查方针。"

收拾好资料,间宫快步走出房间。目送着上司的背影,草薙感到一股苦涩的滋味在口中蔓延开来。为了破案,刑警有时不得不怀疑一切。他并不后悔将古芝伸吾有可能是凶手这一点告诉间宫,现阶段嫌疑最大的人的确也是古芝伸吾。令他感到心里不是滋味的，是汤川说的事。

我始终坚信古芝和杀人案无关——汤川的话萦绕在草薙心头。古芝伸吾究竟是个什么样的人呢？草薙没见过古芝，所以并不了解。但是汤川居然说出那种话，也许古芝真的是个待人真诚的人。这样的人可能犯下杀人这么残酷的罪行吗？草薙立刻就能给出答案——结论是可能。其实他见过很多这样的人，也曾亲自给他们戴上了手铐。但是……草薙转念一想，汤川是特别的，他看人的眼光很准，值得信赖。草薙又摇了摇头，对自己说不要去想多余的事，不能被情绪左右，积累事实才是刑侦工作的基础。

不过，汤川的言行还是令草薙十分在意。那个物理学家接下来又会怎么做呢？

内海薰的身影映入草薙的眼中，她正在电脑前敲打着键盘。

"查什么呢？"草薙走近问道。

"在看网上的新闻。酒店的服务生不是说过吗？长冈自称是在网上得知古芝秋穗死亡的消息的，但是我怎么也找不到相关报道，报纸上的新闻我也没有查到。这是自然，因为古芝秋穗既不是死于事故也不是被人杀害，而是病死的。这个问题涉及隐私，所以不大可能流传到网上。当时听服务生说的时候，我就有点怀疑了。"

内海薰的话让草薙心服口服。同时，草薙也对自己的粗心大意感到十分羞愧。

"如果不是通过网络，长冈是怎么知道这件事的呢？"

内海薰低声说道:"应该是听说了大贺议员和古芝秋穗有特殊关系的传闻。"

"这件事刚听组长说过。"

"长冈听说了这个传闻后,很有可能调查了古芝秋穗,在得知去年四月她死在酒店后,马上就起了疑心,怀疑死因和大贺议员有关。"

"没错。"

"长冈之所以去酒店打探消息,可能是有人告诉了他古芝秋穗的死和议员有关。为了判明此事的真伪,他才去了酒店。"

"这个人是谁?"

"除了他,还有第二个人选吗?"

"古芝伸吾?"

"对。"年轻女刑警点了点头,"难道不是吗?"

草薙沉吟道:"一个企图报仇的人,会轻易把犯罪动机告诉别人吗?仓库的外墙被轰开了一个洞的视频,也是长冈偷拍的。"

"偷拍?"内海薰瞪大眼睛,"是吗?您是怎么知道的?"

"你也熟知的那个人,对我们隐瞒了一些很重要的事实。"

"熟知的人?"

草薙清了清嗓子,看着年轻女刑警。"内海巡查长,我有个重要任务要交给你。"

20

操场上正在进行足球比赛,但看上去并不正式,甚至连练习赛都算不上。传球被断后,球员苦笑着奔跑在球场上。这可能只是足球爱好者们自发组织的一场友谊赛,场边自然也没有啦啦队。

这场球赛的观众只有一个人。他身穿白大褂,坐在场边的长椅上,怔怔地望着操场,看上去并没有在认真地观看比赛,只是目光茫然地追着滚动的皮球。

薰从旁边走了过来,对他说道:"您踢过足球吗?"

汤川转头瞥了她一眼,神色并没有变化。"最后一次踢是在高中体育课上,现在连踢球的感觉都忘了。"

"统和高中的体育很强吗?"

物理学家笑道:"很弱,只有羽毛球社还凑合。"

"因为有您在?"

"这个嘛……"

"可以坐在您旁边吗?"

"请便,这又不是我的长椅。"

"失礼了。"薰说着坐了下来。长椅是木制的,坐上去有些凉意。

"是草薙让你来的吗?"

"是的,他让我来探察汤川老师的情况。"

汤川侧过头,耸了耸肩。"那家伙净说些荒唐话,警察探察物理学者的情况干什么?"

"那您打算什么事都不做了吗?您的学生成了杀人案的嫌疑人啊。"

汤川的表情变得僵硬起来,他仍看着操场。"他不会杀人的,他不会做那种事。"

"所以袖手旁观就行了,是吗?"

汤川沉默不语。只看他的侧脸,好像也能看出他并不认同薰的说法。

"我认为古芝去仓坂工机上班,是为了提升他在高中时代制作的磁轨炮的威力。他经常以研习金属加工技术为由,一个人留在工厂,学会了各种机床的操作方法,有时忙到很晚。仓坂工机里有一些放置废弃器械的老旧操作台,在那里发现了改装磁轨炮的痕迹。"

汤川依旧沉默着,看上去并不是无视薰,而是在琢磨她的话。

"我对磁轨炮做了些调查,发现并不违反《枪支管理法》。"

"法律上定义的枪支,"汤川终于开口道,"是指以气体膨胀为动力的东西,利用电磁能的磁轨炮并不违法。"

"好像是这样。最近发生的那些怪异现象,可以用磁轨炮来解释吗?"

汤川踌躇了片刻,回答道:"可以解释。现场并没有找到弹头,是因为你们寻找的是普通枪支的子弹。如果找的是别的东西,也许会另有发现。"

"别的东西?"

"磁轨炮的发射体称为射弹,通常使用的是几克重的绝缘物质。直接接收电磁能的是设置在后面的导体,因能量巨大会形成等离子体。受到等离子体的推动,射弹能以每秒数公里的速度被发射出去。命中目标的瞬间,巨大的能量转化为热能,射弹也会随之消失。有时会留下一些痕迹,但如果想寻找弹头,是找不到的。"汤川流利的话语又让他变成了薰认识的那个科学家。此时仿佛连他自己都确信这些怪异现象是磁轨炮所造成的。

内海薰打开挎包,拿出了一张折叠起来的纸。

汤川露出了惊讶的目光。"这是什么?"

"今天早上,我们搜查了古芝伸吾的住处,找到了这个东西。"

汤川接过来,把纸展开。这是一张 B4 大小的图纸,上面画了一个球形的零件。"是橘子皮。"他低声说道。

"橘子?"

"没什么。这上面画的就是刚才说的射弹。"汤川边说边看着图纸不住地点头,"是用玻璃和树脂合成的,不愧是古芝,肯定仔细思考过,可以看出他动了一番脑筋。"

"类似的图纸找到了好几张，我看不太懂，但能看出所画的尺寸和制作方法都有细微的不同。古芝在大田区的一家工厂购买过他们制造的产品，从去年夏天起共订购了七次。他们都没想到买主居然是个人。"

"射弹的材质和形状，对于磁轨炮而言是十分重要的因素。七次试验并不足为奇。"汤川把纸折回去，还给了薰。

"如果顺利，磁轨炮的确能够发出巨大的威力。不过，将它作为实战用武器很困难。"薰说道。这些信息都是她从网上查到的。

"不是很困难，基本是无稽之谈。"汤川立刻答道，"如果你看过古芝的视频就应该知道，放置这个装置至少需要一叠大的空间，它的总重量近百公斤，灵活度可以说为零，再加上给庞大的电容器充电需要大量的电力。费了半天工夫，只能发射一次。"

"一次……说起来，那段视频里好像也提到过。"

"一次发射就会造成轨道表面碎裂。想进行第二次发射，就要以微米为单位的精度重新加工。怎么想，它都无法成为武器。"

"只杀一个人的话，发射一次也足够了吧？"

汤川目光锐利地直视内海薰。"你们好像无论如何都想把罪名扣在古芝头上。"

"因为不想那么做才这么说的。既不想让他变成杀人犯，也不想让他背上杀人未遂的罪名，能够阻止他的，可能只有老师您了。"

"我无能为力。"

"那警方也无能为力。逮捕也许可以，但就无法挽救古芝了，这样真的好吗？"

汤川看着薰，目光中充满了哀伤。他摘下眼镜，揉了揉眼角，长舒了一口气，又重新戴好眼镜。"去年夏天，我为和古芝见面，去了仓坂工机。之前也和他通过电话，不过还是有些担心。"

"您见到他了吗？"

"嗯。"汤川轻轻点了点头，"虽然看上去瘦了点，健康状况还不错，我也就放心了。他和我说了很多金属加工工作上的事，看起来很开心。当时也谈了谈他辍学的事，他对此没有后悔之意，也没有悲观的样子。"

"您没有觉得哪里不对劲吗？"

汤川没有马上回答薰的提问，而是沉思了一会儿后说："要说不对劲，还是有一点的。"

"发生了什么事吗？"

"没发生什么，只是说到他姐姐时，他的话有些奇怪。"

"他说了什么？"

汤川面露踌躇之色，语气沉重地说："他说：'姐姐的死让我感到很悲痛，但我还是能化悲痛为力量，所以推进科学发展的最大原动力就是人类的死亡，也可以说是战争，不是吗？'"

"您是怎么回应的？"

"'从另一个角度说，科学技术确实如此，它并不是只被用于善事，重要的是运用科学技术的人的本心。如果它落入了恶人之手，那便成了禁断的魔术。科学家永远不能遗忘这一点。'"

"您感觉古芝接受您的说法了吗?"

"我不知道……他当时看起来像是在思考什么事,所以我才觉得有些不对劲,但没有追问。我并不知道他姐姐去世的事另有隐情,更没有想过他打算报仇。"

薰静静地看着这位理智的物理学家的侧脸。"看来您现在也认同古芝想要为他姐姐报仇这一猜测了。"

汤川懊悔地咬了咬嘴唇,说道:"我和古芝的姐姐见过一次面。磁轨炮完成的那天晚上,他们姐弟俩在家中款待了我。虽然没有深聊,我能感觉到她的确是一个优秀的女人。对古芝而言,姐姐是他唯一的旁系亲属,也是他的恩人。这么重要的人因别人见死不救而失去生命,那种愤怒恐怕超乎寻常吧?他是个单纯又认真的人,正因如此,他一旦认定了要做某件事,就不会回头。如果他真的企图杀死大贺议员,可能也不是出于想报仇的心愿,而是为了姐姐必须去报仇的责任感。这种情况下,想阻止他是非常困难的,因为他已经觉得自己怎样都无所谓了。"

"可以阻止的!不管用什么办法……"内海薰斩钉截铁地说,"这样才能挽救古芝君。"

汤川仰望天空,做了个深呼吸,慢慢地转过头看着薰。"你提到古芝的姓氏时,用了亲切的称呼呢。"

"哎?"

"你没有对他直呼其名。"

"这……"薰舔了舔嘴唇,继续说道,"因为他并不是嫌疑人。"

"企图杀人报仇不构成犯罪吗?"

"构成,准确地说是处于犯罪预备的阶段,但还没有确凿的证据,长冈修被杀一事也是如此。"

"听草薙的口气,好像觉得古芝是因为复仇计划被长冈得知,所以杀害了长冈。"

"警方的确在沿着这条线推进。"

"哼,真是愚蠢。"

"我也这么认为。"见汤川吃惊地看着自己,薰继续说道,"凶手拿走了被害人的笔记本、手机、平板电脑等物品,但台式电脑旁的存储卡却原封不动地放在那里。仓库外墙被开了个洞的视频就存在卡里,如果古芝是凶手,不会把它落下。"

"没错。而且,如果古芝是为了隐瞒复仇计划而杀人灭口,不会突然行踪不明,这反而会引起警方的怀疑。"

"我想草薙前辈心里也清楚这些,但在调查的过程中,有必要怀疑一切。"

"我知道,他也不是笨蛋。"汤川拢了拢垂落在额前的头发,"警方的调查方针是什么?刚才你说可以逮捕古芝,这是怎么一回事?"

薰微微笑了笑。"调查内容能和普通人说吗?"

物理学家睁大了眼睛,鼻孔也微微张大。"没想到事到如今你会说这种话。"

"开个玩笑嘛。现在,东京和周边所有的住宿设施等,只要是古芝可能藏身的地方都埋伏着警察。如果还是没有发现他的踪影，最后将转为伏击战。"

"伏击战？"

"超级科技新城计划的新一期工程下周就要动工了，因此本周末要举行奠基仪式，大贺议员将出席典礼。"

汤川目光锐利地看着内海薰。"那又怎么样？"

"磁轨炮灵活性差，只能放在车中移动，且短时间内只能发射一次，但射程比枪要远得多。举行奠基仪式的场地周围是一片空地，非常适合远程狙击。典礼需要花费一定时间，足够他从容地瞄准目标，不是吗？"

"看来，举行奠基仪式的过程，便是古芝杀死大贺议员的最佳时机？"

"您认为这是无稽之谈吗，比如从物理学上讲是不可能的？"

汤川盯着薰，摇了摇头。"不，从物理学上讲是可能的。"

"特搜本部的结论是，古芝如果想利用磁轨炮杀害大贺议员，那是唯一的机会了。反过来说，也是逮捕他的绝佳机会。"

汤川的眼神中充满了不悦，可能是自己的得意门生被警察逮捕的样子浮现在了脑海中。"他……"汤川小声咕哝道，"为什么会行踪不明呢……"

"啊？"

"刚才也说过，如果不是古芝消息全无，警察也不会注意到他。他为什么要这么做？"

"他是不是认为如果警方调查了长冈，肯定会牵连到自己？"

"也许是吧。但现在的结果是，因古芝下落不明，警方对他进行调查后，发现他姐姐是大贺议员的专任记者。要不是他这么不谨慎，警方还不会察觉此事吧？"

"嗯……的确如此。"

"古芝是不会出现这种失误的，所以这是他权衡再三后做出的选择，但这样做面临一个风险，即可能被调查长冈修人际关系的警察顺藤摸瓜地找到。他也考虑到了这一点，为什么还要这样做呢？"

"难道不是因为长冈得知了古芝的复仇计划吗？"

"这一点相当不可思议，这么重要的事是不可能轻易对别人讲的，更不要说对方是自由撰稿人。如此一来……"汤川用拳头敲了敲额头，"长冈来找我，本身就很奇怪。我一直以为是他从古芝那里听到了什么，看来并非如此。"

"说起来……草薙前辈也说过类似的话。"

"他说了什么？"

"长冈为什么会注意到秋穗的死？"薰告诉汤川，网上找不到报道古芝秋穗死亡的相关新闻，也不知道长冈修为什么会去酒店确认。"我认为长冈并不是从古芝口中得知的。草薙前辈也说，计划复仇的人不可能轻易把动机告诉别人……"

"我有同感，古芝是不会对别人说的，那么……"汤川像突然察觉到了什么，猛地挺直了后背，"还有一个人。"

"还有一个人？"

"知道古芝想利用磁轨炮复仇和他姐姐死亡之谜的，除了古芝，还有一个人。就是这个人把消息泄露给了长冈。只有这种可能。"

"那个人是谁？"

"古芝曾在仓坂工机悄悄进行磁轨炮试验，有时还会持续到深夜，没错吧？"

"是的，那又怎么了？"

"如果不想被其他人发现，就必须有一个帮手。"汤川看了看手表，从长椅上站了起来，"说不定现在就是绝佳时刻，跟我来。"

21

听到铃声响起,她急忙掏出手机,屏幕上显示的却是朋友的名字。她硬着头皮接起电话,回答了对方的问题,又闲聊了两句。为了不让对方察觉到自己不耐烦,她小心地控制着语气。强颜欢笑地说完"明天见",她挂断了电话。

长舒了一口气后,由里奈怔怔地看着手机屏幕。

明明说好会再联络的……

最后一次和古芝伸吾联络,是在他失踪后十天左右。他用公用电话联系了由里奈,问最近有没有发生什么奇怪的事。

"警察到工厂去了,还把我带到了一家家庭餐馆,让我说一些你的情况。"

"你是怎么回答的?"

"我说我什么都不知道,仅此而已。"

"是吗?谢谢你。"

伸吾的语气有些沉重。由里奈觉得他随时都会将电话挂断,连忙问道:"你真的要做那件事吗?"

片刻的沉默过后,他说:"嗯,我就是为此才活到今天的。"

闻言,由里奈心头一惊。"活到今天……那之后你打算去死吗?不是这样的……你不是说过会去自首吗?"

"……我不知道。"

"别这样……别做傻事……也别再说这样的话了!"

"我会再联系你。"说完,伸吾便挂断了电话。

每当回忆起那段对话,由里奈的胸口都会隐隐作痛。他现在到底怎么样了呢?

由里奈拖着沉重的脚步走在回家的路上。从仓坂工机大门前经过时,她注意到门前的人影。是一男一女,戴着眼镜的男子十分眼熟,但又想不起来在哪里见过,穿着套装的年轻女子则完全不认识。二人看起来像是特意在等她,冲她点了点头。她也随即停下了脚步。二人走近,年轻女子微笑着从包里拿出了什么。"是仓坂由里奈小姐吧?"

看清那是警察手册的一瞬间,由里奈顿时紧张得全身都紧绷起来,好不容易才开口回答"是的"。

"现在有时间吗?有些事情想问你。"

"……什么事?"

"有很多,一言以蔽之,是关于古芝的事。"

由里奈垂下头,不停地摇着。"我什么都不知道。"

"是吗?"男子说道,"但我觉得事实并非如此。"

由里奈抬起头，与男子四目相对。

"好久不见了。"男子笑着说。

由里奈想起他就是去年夏天来找伸吾的人——汤川老师。

为什么没有立刻想起来呢？由里奈自己都觉得不可思议，明明伸吾多次提起过这位他所尊敬的汤川老师。

"关于古芝的某些事，应该只有你知道。"汤川说，"如果你不想让他犯下不可挽回的错误，希望你能把知道的告诉我们。只有你才能挽救古芝，不是吗？"

由里奈倒吸了一口凉气，意识到眼前的二人也许已经洞悉了一切。

"你认识长冈修先生吧？把古芝的计划告诉他的人是你吧？"

看来一切都败露了。

"由里奈小姐。"女警柔声唤道。

"警方已经在追查古芝，并大致知道他要在哪里行动，他必然会失败。如果我们无动于衷，他将成为罪犯。为了不让这一切变成现实，必须由他自己放弃。把你知道的都说出来吧，这样也许能让他改变主意。难道你想看着他变成罪犯，去监狱里服刑吗？"

由里奈摇了摇头。正因为不希望伸吾走错路，她才把一切都告诉了长冈。有什么东西涌了上来，她再也无法控制，眼泪夺眶而出。

"很好。"汤川点了点头，"我们找个暖和的地方吧。"

三人坐进停在附近的一辆车中。刚坐到后座上，由里奈就拿出了手帕。

一切都始于那个晚上。

得知伸吾会在工厂研习金属加工技术到很晚，由里奈便带着慰问品来到工厂。车间里并没有伸吾的身影，而是从一个平时不常用的小作坊里透出了些许亮光。

由里奈透过门缝向里窥视，只见伸吾站在一个她从未见过的装置前面操作着。她正感到奇怪，那个装置突然运转了起来。伴随着轰鸣声，一道闪光从眼前飞过，由里奈大吃一惊，手中的购物袋掉在了地上。

伸吾察觉到身后有动静，转过头来。由里奈想逃，双腿却动弹不得。当她好不容易拾起购物袋时，门开了。

看到由里奈站在门口，伸吾也十分惊愕。之后的几秒间，二人只是互相凝视着。

"嗯……那个……我……"由里奈将手中的购物袋递给了伸吾，"这个，给你。"

伸吾抓住由里奈的手，把她拉了进去，向外环顾了一下后，才关上了门，一动不动地看着自己的鞋尖。

"伸吾……"由里奈唤道。不知不觉中，她对伸吾的称呼已经改变了。

"有件事想拜托你……"伸吾抬起头看着由里奈，"刚才你看到的情景,请不要对任何人讲,不管是厂长、员工、其他家里人还是朋友。"

由里奈努力调整着呼吸。"你究竟在干什么?"

"这……我不能说。"伸吾移开目光。

"为什么?"

"你最好还是不要知道。"

"知道了又怎么样?快说!"由里奈站到伸吾面前,"这是什么机器?你为什么要制造出这种东西?"

"……是试验。"

"试验?什么试验?为什么不能告诉别人?"

面对由里奈的质问,伸吾面露难色。在那一瞬间,由里奈确信伸吾的心中藏着一个天大的秘密,因此,像他这么优秀的人才会到这种小工厂来上班。

"告诉我吧!只对我一个人说,好吗?"由里奈说道。

"你还是不要问了。"

"为什么?"

"我是不会说的。如果你告诉了别人,我只能离开这儿了。"

由里奈脑中乱作一团,她不希望伸吾离开。"我知道了。"她答道,"我不会对任何人说的,但是,以后你要把事情的来龙去脉告诉我。"

伸吾皱着眉思考了一会儿,轻轻地点了点头,"嗯"了一声。

"以后我还能常来见你吗?"

"被你家人发现的话就糟了。"

"没关系,我可以从窗户翻出来。今天我也是这么来的。"说着,由里奈再次把购物袋递给伸吾。

伸吾微微一笑,接过袋子。

此后,由里奈又多次去看伸吾做试验。她只知道这个试验需要花费大量的精力和时间。伸吾会将这个结构复杂的装置拆分后藏进车里,重新组装需要一个多小时,有些零件要经过精密的加工,有些金属部件则甚至要研磨好几个小时,而且试验一晚只能进行一次,如果失败,这一天的努力就全都化为泡影了。

伸吾告诉由里奈这台装置的名字叫磁轨炮,是在十二月初。她了解到子弹一样的东西会从装置上那个长长的金属导轨中发射出来,的确和这个名字很是贴切。

"开始尝试制作它是在高中时代。有一个人教我的,由里奈你也见过那个人呢。"伸吾站在磁轨炮前,吃着从便利店买来的饭团说道。

"难道是夏天来工厂找你的那个人?"

"嗯。"

由里奈记得伸吾告诉过她那个人姓汤川,是帝都大学的副教授。他还激动地说"汤川老师是位非常优秀的科学研究者"。

只有那时能看到他脸上闪耀着光芒。他告诉了由里奈,自己今年春天已经在帝都大学就读,但因为姐姐的死辍学了。

"为什么要放弃学业呢?没有别的办法了吗?"

伸吾表情立刻阴沉了下来，只低声说了一句"我无法就这样继续读书了"。

由里奈看了看磁轨炮，终于问出了一直想问的问题："这个装置到底是做什么用的？"

伸吾低下头，缄默无言。

"难道……是用来向谁射击的？"

伸吾还是没有回应，但这如同回答。

"是这样吗？"由里奈又问了一遍。

伸吾的身体无力地瘫软下来。由里奈确信他要对自己坦白了。

"我要报仇。"

"报仇？"

"为姐姐报仇！"

"你姐姐不是因病去世的吗？"

伸吾摇了摇头。"是被杀死的，准确地说，和被杀死是一样的。"他把姐姐古芝秋穗死亡时的状况详细地告诉了由里奈，"我一辈子都忘不了在警察局的停尸间见到姐姐尸体的那一刻。她脸色苍白甚至灰败，眼窝凹陷，脸颊干瘪，平日里神采奕奕、四处奔走的风采已经消失不见。人的脸庞真的会在一夜之间产生这么大的变化吗？"

伸吾被叫到警察局时还以为秋穗是被卷入了什么案件而死亡的，但后来警方的话却令他震惊。"'是宫外孕引发了输卵管破裂，大量出血导致休克，最终死亡'。听到这句话时，我甚至不明白他们到底是在说谁。怀孕？姐姐吗？这不可能！因为我都不知道姐姐有正在交往的男朋友！而且发现尸体的地点也很奇怪,居然是酒店,还是在六本木酒店的套房。没有人会去那种地方单独住一晚吧？怎么会有这样的事？"伸吾气愤地说道。

"你姐姐是一个人死在房间里的吗？"

"不可能！她肯定带了人,有个男人和她在一起。那家伙是谁？姐姐病倒的时候他在做什么？还有,他躲到哪儿去了？"

"你说的这些,警察应该都会调查吧？"

"他们说会调查那个男人的身份。如果对濒死的人置之不理而自己逃走,会被定为遗弃致死罪。我期待着警方能查明那个男人的身份,但是没过多久,负责此案的刑警就把姐姐死亡时的随身物品还给了我,说这件事并不是刑事案件,调查到此为止了。"

"怎么会这样……"

"就算找到了那个男人,如果他坚持主张姐姐是在他离开之后病倒的,调查将没有任何意义。当时那个刑警也满脸愧意。但是,我怎么可能就此妥协呢？我要凭借自己的力量找出那个男人。所以我先去了那家酒店。接待人员很热情,让我和姐姐尸体的第一发现者见了面。他是个服务生,主要负责搬运客人的行李和带领客人去房间。托他的福,我发现了几个疑点。"伸吾竖起了食指,"第一,餐桌上放着啤酒瓶和两个玻璃杯,而且杯子里都有啤酒。"

"有两个杯子,说明当时果然还有另一个人在场。"

伸吾点了点头,又竖起了两根手指。"第二,姐姐还穿着衣服，就连长筒袜都穿得很整齐。第三，房间几乎没有使用过的痕迹，毛巾是干净的，床罩也整洁地铺在床上。"

"这……嗯……"

"说明他们当晚没有做过爱。"伸吾直接说道，"这有些不可思议吧？一对男女在酒店碰面，居然不是出于那种目的。但也不可能只是为了喝杯啤酒吧？只能认为是那个男人发现姐姐的身体突发不适，然后就逃走了。据服务生所言，当时出血量很大，所以那个男人很可能是看到这种情况后没有叫救护车就跑了。这种家伙，根本不是人！"把压抑在心中的愤懑宣泄出来后，伸吾深深地叹了口气。他竖起了四根手指。"第四，也是最重要的一点。房间号是1820。"

"房间号为什么重要？"

伸吾从放在一旁的包中拿出一部手机，但并不是他平时用的那部。"这是我姐姐的手机。"伸吾边说边熟练地操作，随后把手机屏幕朝向由里奈。屏幕上显示的是一条已发送的信息，时间是去年四月的一天晚上十一点多，标题是"1820"，没有正文。

"这是？"

"是姐姐办完入住手续后，为了告知那个男人房间号而给他发的信息，他后来就直接去了房间。因此，他就是那条信息的收件人。"

"知道他的名字了吗？"

伸吾摇了摇头。"在姐姐的手机通讯录中，这个收件人所对应的姓名标识是字母'J',所以无从得知他的本名。但是,在姐姐和这个人的来往信息中,我发现了一些线索。首先,姐姐称这个人为'老师',还多次与这个人一起去旅行,但并不是只有他们两个人。还有,这个人和光原町的关系很密切。"

"光原町?"

"信息中经常出现这个词,比如'您什么时候去光原町?''光原町最近怎么样?'之类。我不太了解姐姐的工作,但凭这些基本能推测出J的真实身份了。是众议院议员大贺仁策。"由里奈对政治一窍不通,见她歪着头困惑的样子,伸吾便告诉她大贺仁策原来是文部科学大臣,最近正在主导策划超级科技新城计划,姐姐则是大贺的专任记者。

"与其说难以置信,不如说我根本不愿相信。姐姐为什么要和那个看上去很阴险的死老头子交往?!而且还是婚外恋。这到底是怎么回事?这是我有生以来第一次觉得姐姐那么蠢。"将心中的不快倾诉出来后,伸吾从包里拿出一台平板电脑,"我想肯定是哪里弄错了,苦恼过后,我决定要查清真相。"

"怎么查?"

"姐姐的手机里存着J的手机号码,我决定给对方打个电话。"

真是个大胆的想法,由里奈不由得倒吸了一口凉气。"已经打过了吗?"

"嗯。"伸吾点点头,操作着平板电脑,很快传来电话呼出的声音。"本以为对方的号码可能已被注销,但最后接通了,这段等待的时间,真是让我紧张得心跳加速。"伸吾表情柔和了一些,随即又抿紧嘴唇。

呼出音停止了,紧接着响起一个震慑力十足的声音:"你好,是哪位?"

伸吾接下来的话,让由里奈出乎意料。

"我是警视厅的。"

由里奈愕然,正打算说些什么,伸吾却将食指抵在嘴唇上,示意她不要出声。

"警视厅?找我有什么事吗?"男子沉着的语气丝毫未变,尽管得知对方是警察,也完全没有显出狼狈的样子。

反而是伸吾的声音听上去有些紧张。"有件事需要向您核实一下,您认识古芝秋穗小姐吧?您的号码存在这位女士的手机里。"

"喂!"对方回应道,"你是谁?"

"我说过了,我是警视厅的。"

"你叫什么名字?哪个警察局的?"

"麻布警察局……"

"麻布?哪个部门?你叫什么名字?"

"不好意思。"语音到此结束,应该是电话被挂断了。

伸吾懊恼地咬住嘴唇。"真是个无情的家伙,我以为说我是警察,他就会害怕了。没想到根本不是那样,反倒是我先胆怯了。一听他的声音,就令我厌恶。"

"这通电话是用你姐姐的手机打的吗？"

"是我的手机。如果用我姐姐的手机打，对方一定会有所防范。他追查我也没关系，但他没有什么反应，可能只是把那通电话当成恶作剧了吧。先不说这些……"伸吾看向由里奈，"刚才那个男人的声音，你听到过吗？你对政治一点兴趣也没有，肯定不知道吧？"

"我好像听到过……"由里奈撒谎道，她根本不知道这是谁的声音。

"是大贺仁策，不会有错的，认识他的人都能辨认出来。声音浑厚、带点口音，就是那个人说话的特点。这就能证明姐姐的情人就是这个猥琐的政客。"伸吾双手胡乱地抓挠着头发，"我不想对姐姐的生活方式说三道四，爱上有妇之夫也没关系，我不知道那个人有什么好的，也许他身上具有姐姐才能看到的优点。但是，他能得到原谅吗？身为政客的他，可能只是把姐姐当成了一个出轨对象。这件事要是被公之于众，他的形象就全毁了。一开始不拈花惹草不就好了吗？姐姐对他肯定是认真的，她不是那种随便玩弄别人感情的人，而且她肯定也相信对方是真心爱她的。当她突然大出血、生命垂危时，应该做梦也没想到对方竟然逃跑了吧？"

伸吾的眼泪扑簌簌地往下掉，由里奈也不禁轻轻啜泣着。伸吾的悲痛传达给了由里奈，令她能感同身受。

用纸巾擤了擤鼻涕后，伸吾冷静地说："还有一件事让我有点在意。"

"什么事？"由里奈问道。

"奖学金。托姐姐的福，我拿到了条件极为严苛的奖学金。那时，姐姐似乎说过，有大臣级别的人在这件事上帮了忙，所以拿到奖学金绝对没问题。"

"大臣……"

"应该就是大贺吧。"伸吾摇了摇头，摊开双手，"我真是不知道，这算怎么回事，供我读大学的竟是害死我姐姐的人。我是不是还应该感谢他？"

"所以你就辍学了？"

"嗯。"伸吾点了点头，"我考虑过应该做什么，但没有无动于衷这个选项。姐姐是我的恩人，是这世上对我最重要的人。姐姐因别人见死不救而失去生命，我无法容忍自己什么也不做。思来想去，我决定报仇。"伸吾将目光投向了磁轨炮，"我啊，真不想做这么麻烦的事。如果轻而易举就能接近对方，我就握着匕首直接刺过去了。但正因为这样行不通，才不得不启用这个大家伙。"

"所以你才来我们工厂就职？"

伸吾陷入了沉默。过了一会儿他答道："嗯，为了复仇，磁轨炮必须做得更加精密。"

"居然是这样……"

"对不起……"

由里奈微笑着看了看他。"为什么要道歉？"

伸吾沉默地歪了歪头,为什么要道歉?或许连伸吾自己都不知道。

"我们工厂好吗?"由里奈问道。

"啊?"

"仓坂工机好吗?去别的工厂的话,是不是能做出更好的磁轨炮?"

闻言,伸吾终于露出了温柔的表情。"没有那样的工厂啦。"

"真的吗?你这么说我很高兴。"

"我制作出了好东西,能在这儿工作,我感到很幸运。"伸吾看了看磁轨炮,然后将目光转向了由里奈,"你会报警吗?"

由里奈摇了摇头。"我不会做那种事的。"

"为什么?"

"为什么……因为不希望你被逮捕。"

伸吾脸上浮现出落寞的微笑。"达到目的后,我会去自首的。"

"……即便如此,我也不会告诉警察,这样比较好吧?"

伸吾垂下视线,低声说道:"对不起。"

由里奈情不自禁地紧紧抱住他。"我说了,为什么要道歉?没必要道歉啊。"

伸吾将由里奈紧紧搂入怀中。

新年过后,伸吾正式开始进行发射试验。要在户外试射,测试磁轨炮的威力和瞄准精度并不是一件容易的事,必须选择人少的时段,也就是深夜。

父母熟睡后，由里奈便拿着工厂的钥匙从家里溜出来。伸吾会在车里等她，拿到钥匙后，在工厂里将磁轨炮组装起来，然后用铲车搬运到小型客车的后备厢里。二人的深夜冒险之旅便开始了。试验场地是白天伸吾所选定的地方，需要符合几个条件：与目标间的距离足够长、不易被人看见等。

第一晚，他们去了茨城。试验场地是一块四周尽是农田的空地，天空中星光璀璨。

试验的准备工作是伸吾一个人做的。因为非常危险，他对由里奈说绝对不能碰。大部分调配已经在工厂中完成，现在的主要工作是用发电机给电容器充电。由于使用的是小型发电机，不得不等上几十分钟。这段时间对由里奈而言毫无疑问是快乐的，因为她可以和伸吾悠闲地聊天。伸吾并非能言善辩的人，但他知识渊博，为由里奈讲了很多东西。特别是说到科学方面的话题时，伸吾的语气就会变得激动起来。仿佛只有那一刻，他心中的复仇之火才会暂时熄灭。

充电一完成，伸吾立刻换回了冷峻的表情。

那次的目标是一块几百米开外的广告牌，上面用片假名写着某药物的名称，伸吾说要击中其中一个字。

确认了四周没人后，伸吾直接按下开关。和在工厂里一样，伴随着轰鸣声，耀眼的火星四处乱溅。一束强光以目力不及的速度射出，无从得知究竟命中了哪里。

伸吾处理完善后工作，发动了汽车。由里奈问他用不用确认一下,伸吾答道:"明天白天我会来看的。"次日是工厂的休息日。

第二周二人一见面,伸吾的脸上便露出苦笑。"真让人头疼啊,往左偏了五米。"

"威力呢？"

"很不错!"伸吾竖起大拇指。

此后,他们又进行了几次发射试验。伸吾每修正一次,磁轨炮的命中精度就会提高一些。在同一场所反复试验很容易被发现,所以他们经常变更试验场地。

"正式行动那天,也要从这么远的地方狙击目标吗？"

"对,毕竟对方不是个轻而易举就能接近的人。"

"但如果那个人当天一直在大楼里,不就无法瞄准他了吗？"

"没错,所以要等他在户外时狙击。"

"有这么合适的时机吗？"

"有,我查过他的个人主页,上面说他到时会独自站在一块空地上。"

"个人主页？"

"嗯。"伸吾点了点头,"由里奈你呀,就没必要想这些事了。"

有时也会发生一些突发情况。一天晚上,伸吾提早在隅田川岸边的一块空地上调配好了磁轨炮。伸吾本想等到深夜再发射,没想到他操作失误,磁轨炮在一个始料未及的时间忽然自行发射了,当时还不到夜里十一点。不凑巧的是,目标的前方刚好有一条屋形船经过,以磁轨炮的性能,射弹无疑将击中屋形船。

就连伸吾也焦躁起来,立刻驾车离开了,还一直担心船内会有人因此受伤。同样忧心忡忡的还有由里奈,但她担心的并不是有没有人受伤,而是再次体会到磁轨炮已经变成了一件杀人工具,使用它的伸吾将变成杀人犯。

罢手吧,伸吾——由里奈第一次冒出这种想法。她希望这件事能到此为止,伸吾能放弃复仇,过普通人的生活。但她说不出口,因为一旦开口,她就再也无法和伸吾在一起了,尽管她不愿让伸吾变成杀人犯的想法越来越强烈。

长冈修在路边叫住她,正是她为此事烦恼不已的时候。见对方是个陌生人,她本想无视,长冈修的话却让她停住了脚步。

"那天夜里,你和古芝两个人在干什么呢?"

面对哑口无言的由里奈,长冈微笑着递上了名片。"不好意思。"他说,"出于某个原因,我一直在监视古芝。他每天下班后会离开工厂,饭后不久再返回,接着你就现身了,你们二人结伴出行,自然会让人感到很奇怪吧?"

由里奈抬眼看向对方。"某个原因是什么?"

长冈露出了一本正经的神色。"我在调查某个政客的丑闻。"他说,"这件事很有可能和古芝的姐姐有关。"

听到"政客"这个词,由里奈一下子反应过来:"是大贺仁策吗?"

长冈吃惊地瞪大了眼睛。"你知道些什么吗?"

"啊……不……"糟糕!竟然说漏嘴了。

"如果你知道什么，请告诉我，放心，我不会做坏事的。"说罢，长冈又补充道，"你们在夜里做的那些事，我也不会说出去。"

由里奈吃了一惊。无论如何都不能让别人知道试验的事。

见由里奈默不作声，长冈说道："我们找个地方慢慢谈吧。"。

二人走进了一家咖啡厅，长冈开始自顾自地说了起来。他对一项与大贺仁策有关的公共事业抱有怀疑，想要揭发其种种不正当行为的黑幕，并打算从曝光大贺的丑闻开始。"大贺仁策的婚外情对象就是古芝亡故的姐姐，这件事你知道吧？是古芝告诉你的？"

由里奈点了点头。

"你了解到什么程度了？"

"详细情况我也不知道……因为我对政治之类的事一点也不懂。"由里奈垂着头，低声答道。

"是吗？其实大约一个月前，我直接去找古芝见了一面，问他知不知道他姐姐和大贺议员之间的关系，他说不知道，还让我不要再深入调查这件事。他目光锐利地盯着我，我立刻就确信他在隐瞒什么，但是想从他那里问出什么是不可能了。我又和他聊了一会儿，果然得不到任何线索，就回去了。我不知道怎样接近古芝，就打算先在工厂门口等，再看看他下班后的举动，正好那天目击到你们可疑的行动，我非常在意，于是又观察了你们几天。虽然你们不是每天夜里都外出，但也算非常频繁。"长冈向前探身，"你们在深夜里究竟干了什么？"

"……和那件事无关。"

"无关？什么事？"

"古芝姐姐去世的事。"

"啊？你在说什么？"长冈双眉紧皱，"她姐姐去世的事？我问的不是这个，你为什么突然提起？"

又搞砸了！由里奈暗想，如果继续留在这里，估计又要说多余的话了。说了句"失陪了"，由里奈站起身来。

"你要是不肯说，我只能去问古芝了，"长冈说，"或是去告诉你父亲？说大小姐经常在深夜和古芝不知在做什么。"

由里奈重新坐下。"你这家伙真狡猾！"

"你能实话实说就可以了。"

"你只是出于好奇才想知道的，我怎么能对你说？"

"只是出于好奇？这话我可不能当作没听见。"长冈的目光变得凶狠起来，"我不是只想追查出一点绯闻，而是想彻底查明那个叫大贺仁策的政客在背地里都干了什么，撕下他虚伪的面具。你能助我一臂之力吗？"

看长冈的样子并不像是在说谎，而且他也将伸吾憎恨的大贺仁策视为敌人，由里奈不禁放松了警惕。

"撕下大贺的虚伪面具后，他会落得什么下场呢？"

"这就要看你的了。保守地说，对他可能不会有很大影响。不过凭我的直觉，应该不只如此。因为你知道一些更不得了的事，没错吧？比如古芝姐姐死亡的真相，或者说你掌握着足以扳倒大贺的重要线索，对不对？你为什么要隐瞒，难道你是大贺的同伙？"

"不是！"由里奈条件反射似的说道，"我才不是那种人的同伙！"

"那就告诉我吧！俗话说'笔杆子比枪杆子更犀利'，坏事必须有人去揭露。"

回想起来，长冈的确是个谈话技巧高超的人，三言两语就让由里奈的内心产生了动摇。她觉得这可能是个好机会，说不定能让伸吾打消报仇的念头。如果将大贺仁策的种种恶行公之于众，或许能平息伸吾几分怒气。若还能把大贺绳之以法，伸吾也就没有机会射杀他了。

"你什么时候能把报道写出来？"

长冈的表情缓和下来，可能是因为由里奈的反应已经如他所愿。"那要根据内容而定。"

"你要是不快点写好就麻烦了，因为快没时间了。"

"怎么回事？怎么还有时间限制？"

由里奈缄默无言。能把所有的事都告诉这个人吗？

"这毕竟也是我的工作，敷衍的线索不能成为一篇报道。没有确凿的证据，我很难动笔。"

"伸吾有证据。"

长冈凝视着由里奈的眼睛。由里奈紧咬嘴唇，迎着那锐利的目光。

"请相信我,我可以向你保证,有了证据,我一定尽快写出报道,请告诉我吧!"

由里奈点了点头,长冈随即从背包里拿出一个细长的小装置。

"可以录音吗?"

看来是录音笔。一想到自己的声音会被录下来,由里奈不由得紧张起来,但为了报道能早日写好,她不能拒绝,只好答道"好的"。

长冈打开录音笔,又从上衣口袋里拿出一支粗粗的圆珠笔和一个笔记本,催促般地说"可以了"。

由里奈做了个深呼吸,说道:"伸吾的姐姐,可以说是被大贺杀的。"

长冈瞪大了眼睛,听由里奈讲述她从伸吾那里知晓的事。她无法像伸吾一样有条理地叙述,但还是凭记忆尽力把每个细节都说清楚。长冈有时会插入一些问题,边听边记。他的目光中流露出兴奋的神情,就像一个漂亮地捕获了猎物的人。

"太令人震惊了!"长冈看着笔记说道,"大贺果然是个人渣。理应尽快将他的恶行公之于众,但问题还在于证据,要是有伸吾姐姐手机里的信息和电话中大贺的声音就好了。你有没有什么办法?"

"我应该能弄到手。你什么时候能写出报道?我希望越快越好。"

"你刚才也说了同样的话,为什么没有时间了?"

由里奈做了个深呼吸,她决定相信这个姓长冈的人,于是将伸吾的复仇计划和盘托出。

听了由里奈的话,长冈受到了很大的震撼。"他竟然要做那种事……不过,他的心情是可以理解的。能让我看看那个叫磁轨炮的东西吗?当然,是在对古芝保密的情况下。"

由里奈告诉了长冈下一次发射试验定在两天后,新的目标已经锁定,是东京湾填海地一处仓库的外墙。

试验结束的第二天,二人在同一家咖啡厅再次碰面。由里奈把一个优盘放到了餐桌上。里面储存着她从伸吾的平板电脑里偷偷拷贝出来的与大贺的通话录音,以及古芝秋穗手机里的信息的照片。

"这个我先保管了。"长冈收起优盘,"昨夜的试验我也看到了。"

"有什么感受?"

"嗯……挺厉害的。"长冈的感想很简短。由里奈觉得他也想不出其他形容词了。

昨天夜里的发射试验成功了,伸吾从一公里的外河对岸的堤坝上一击命中目标。长冈当时就站在仓库附近,拍摄了外墙被射穿的全过程。

"被那种东西击中的话,肯定就没命了吧?"

"我想阻止他,无论用什么方法。"

闻言,长冈目光真诚地看着由里奈。"关于磁轨炮,我想了解些更详细的信息。你说过有人指导古芝制作,知道他是谁吗?"

"知道,是帝都大学一个姓汤川的老师。你要对那个人保密。"

"这是自然。剩下的就交给我吧。"

"拜托你了!"由里奈低头道谢。她现在只能依靠长冈了。

然而,意想不到的事发生了——长冈被杀了。由里奈非常害怕,她隐约觉得这和她提供给长冈的那些证据有关。能商量的人只有一个,明知道会被斥责,她还是告诉了伸吾一切,也说出了自己的理由:"我不想让你变成杀人犯。"

伸吾并未生气,反而向由里奈道歉:"是我不好,让你这么痛苦,竟然没能早点察觉到你的烦恼……长冈先生一开始是想问姐姐的事,但我什么都没告诉他,所以他才盯上了由里奈你吧。我没发现他在跟踪我,真是大意。这样一来就更麻烦了。警察也许很快就会盯上我,如果我的行动受到了警方的监视,计划将会泡汤。得想个办法……"

"怎么办?"

伸吾想了想说:"只能先藏起来。今天夜里进行最后一次发射试验,天亮前我要调配好磁轨炮,然后找个地方躲起来。工厂那边我先请几天假吧。"

"你有落脚的地方吗?"

"总会有办法的。我手头还算宽裕,因为姐姐买了人身保险。"

由里奈问了一件她最在意的事:"我们……还会再见面吗?"

"嗯……"伸吾歪着头说,"不知道。"

那天夜里，最后一次发射试验以失败告终。从确认性能的角度说是成功的，但没有遵守绝不能被人目击这一大前提。本想瞄准河对岸堤坝旁的一个瓦楞纸箱，可由于光线太暗，射击时几乎看不清四周，但那片区域禁止无关人员进入，理应没有人，所以伸吾照原计划进行了试射，却没想到对面突然起火了。由于距离太远，二人根本无从得知究竟发生了什么。直到看到第二天的晚报，才知道当时有辆摩托车停在了纸箱旁，被射弹击中。好在似乎没人因此受伤，由里奈这才放下心来，但她无法再和伸吾共享这种如释重负的心情了，因为从那天早上开始，伸吾便请了假，不再来工厂了。

最后一次发射试验结束，回到工厂后，伸吾第一次吻了由里奈。"谢谢你为我做的一切。"他凝视着由里奈的眼睛说道。

"我们绝对还会再见面的！"

"嗯……能再见到你就好了。"

"我们约好，一定要再见面！"

伸吾没有做出任何承诺，只是露出了落寞的微笑。

22

草薙从纸袋里拿出一瓶烧酒,汤川微笑着"嘀"了一声。"真没想到是'森伊藏'。你怎么弄到手的?如果不是抽奖得的,应该买不到。你动用了警察特权?"

"那倒没有,不过确实托了一点关系。肯定没有使用违法手段,你不用客气,收下吧。"

"当然了,我没打算客气。"汤川把酒放到了桌下,"不过现在就向我表达谢意是不是为时尚早?案子还没解决吧?杀害长冈的凶手到底是谁,现在应该还不知道。"

"没错。但是为今后打算,我觉得讨好你是非常有必要的。当然,主要还是因为是你让仓坂由里奈提供了证词。我也和她见过面,但我没想到她知道的事和这次的案子有这么深的关联,是我大意了。由衷感谢你,真的帮了大忙。"

见草薙低头道谢,不知是不是疑惑他今天的反常,汤川别扭地挠了挠鼻子。

"据仓坂由里奈所言，怀疑古芝伸吾杀害了长冈是不妥当的，而你的主张是正确的。所以，今天我们暂且不谈古芝，他的事日后再说。"

汤川的表情忽然阴沉下来，也许是想到了古芝伸吾的苦恼和决心，但他马上又回过神，嘴角浮起一丝笑容。"仓坂由里奈的证词对长冈被杀一事有帮助吗？"

"当然有了。"草薙把胳膊肘支在操作台上，"重要的是仓坂由里奈交给长冈的两项证据，一项是古芝伸吾和大贺仁策通话时的录音，另一项是古芝秋穗给大贺发的信息的照片。毫无疑问，这两项证据都和案子有关。"

"长冈虽然没有提过古芝的名字，但他断言自己有责任阻止磁轨炮制作者的愚蠢计划。他究竟想如何利用那些证据呢？"

"问题就在这儿，简单地想，他应该会给某杂志投稿，但我们并未发现这种迹象，也可能他还没来得及做。总之，杀害长冈的凶手应该是个不愿意让那些证据见光的人。"

"那么，嫌疑最大的不就是那个人吗？"

"你想说大贺仁策吧？很遗憾，不是他。"草薙摆了摆手，"长冈被杀的那天，他不在东京。"

"看来他有不在场证明，但这种事根本不需要他亲自动手吧？能替他去杀人的手下要多少有多少。"

"我们也调查过这种可能性，但要在不被大贺的办公室察觉到的情况下调查，是相当困难的。不管凶手是谁，他是怎么知道长冈拿到了新证据的？长冈应该谨慎地将证据保护得非常好才对。"

汤川对草薙的疑问表示认同，慢悠悠地点了点头。然后，他像突然想起了什么似的，看向草薙。"仓坂由里奈的自述呢？"

"啊？"

"她说出一切时，长冈录了音。那段录音找到了吗？"

"哦……"草薙皱起眉，"很遗憾，没有发现。那段音频可能被长冈存入了平板电脑或手机中，但应该是被凶手拿走了。还有，案发现场没有录音笔。"

"是吗……"汤川把手放在嘴边，陷入了沉思。

"要是能找到那段录音，对调查会非常有帮助。"

"怎么说？"

"录音可以判明仓坂由里奈那段话的真实性。"

"哦？你怀疑她在撒谎吗？"汤川吃惊地看着草薙。

"怀疑别人可是我们的工作，对任何事都要讲求证据是我们的铁则。就算她看起来不像是在撒谎，但她可能会遗忘，或记忆出现偏差。要是有那段录音，我们就能准确知晓她当初是怎样对长冈说的。"

"嗯，原来如此。那我告诉你一件有意思的事怎么样？"汤川意味深长地微微探身，"录有仓坂由里奈那段话的录音笔，还有一个。"

"啊？"

"而且还是笔状的。"

"笔状的？"

"录音装置形形色色，有一种乍一看像一支普通的圆珠笔，可以写字，但实际上是个录音装置。想瞒着对方录音时使用，非常方便。"

"长冈一直随身带那种东西吗？"

"对。"

"你怎么知道的？"

汤川微微起身，调整了一下坐姿，挺了挺胸，说道："因为我见过。"

"见过？在哪儿？"

"当然是这儿。"汤川指了指地板，"长冈来找我的时候，一开始拿出了普通的录音笔，问我介不介意录音，我说'不太方便，不记得答应过接受正规采访'。"

"长冈怎么说？"

"他说了句'知道了'，便把录音笔收了起来，但这不意味着他放弃了录音。他触碰了一下别在胸口口袋上的圆珠笔。我随即说'那个录音器也别用了吧'，他有点慌了，准备敷衍过去，但又立刻放弃了，问我怎么知道那支笔是录音器，我说在网上见过。"

"嗯……原来是这样。"

看来长冈知道汤川是个不好对付的科学家。

"撰稿人一般都会随身携带多个录音装置，多是为了防止录音装置出现故障而准备的。当不知道对方是否同意录音时，会特意藏起来一个，万一录音请求被拒绝，被藏起来的那个还是可以录音。长冈用的就是这种方法。"

"是这样啊。但仓坂由里奈已经同意录音了，他还会使用笔形录音器吗？"

"会的，有备无患。"

汤川说得很有道理，草薙找不到反驳的理由。

"我劝你再仔细地搜查一遍长冈家，"汤川说，"说不定会发现笔形录音器。凶手带走了很多东西，但那个录音器不好分辨，可能会被凶手忽略，侦查员也可能看漏。"

"我知道了，我立刻让人再搜一遍长冈家。"草薙从椅子上站了起来，"还真有意外收获。"

"如果发现了录音器，下次我想喝 Opus One。"汤川说的是顶级葡萄酒的名字。

"我会考虑的。"草薙朝门口走去，随即又停住了脚步，回过头来，"古芝伸吾的逮捕令已经下来了，他涉嫌故意毁坏财物罪，且处在犯罪预备阶段。因为他还未成年，所以没有通缉他。[1]"

汤川的表情严肃起来。"还有吗？"

"就这些，姑且通知你一下……"

"我知道了。"

"近期我还会再联系你的，别忘了我可送了你一瓶森伊藏！

---

[1] 在日本，未成年人指年龄未满 20 周岁的人。

先走了。"说完,草薙离开了第十三研究室。

大约两小时后,负责重新搜查长冈家的岸谷报告说,他发现了一个圆珠笔形状的录音器,和其他文具一起放在桌子的抽屉里。它难以和普通的圆珠笔区分,无法立刻被发现。

"听里面的音频了吗?"草薙在电话里问道。

"还没有,应该是电池没电了,所以听不了,现在得先充电。"

"好!总之先带回来。"

不一会儿,岸谷回来了。草薙打量着岸谷递来的东西,苦笑道:"这玩意,发现不了也情有可原哪。"

不管怎么看,这都是一支普通的黑色按压式圆珠笔,虽然看上去有些高级,并没有什么不自然的地方。使用方法尚不知晓。

将录音器里的音频拷贝到了电脑中,他们准备立刻听听看。间宫和内海也闻讯赶来。众人注视着电脑,音箱里传出了刺啦刺啦的杂音。很明显,这不是长冈和仓坂由里奈见面时用的,而且对话的声音非常模糊,很难听清在说什么,把音量调大也没有任何效果。

"这是什么啊?怎么什么都听不清。"间宫不满地噘着嘴。

"也许是说话的人离这个录音器太远了吧。"草薙说,"总之,这不是长冈和仓坂谈话时的录音,应该是别的取材工作的。"

"这也太不清楚了。"

"嗯……"岸谷轻轻举起手,"会不会是录音器被藏在了抽屉里的缘故呢？"草薙一脸茫然地看着后辈，岸谷则指了指那个录音器。"我发现它的时候，开关还是开着的，电池应该是因此才没有电的。"

"忘记关掉开关就把它放进了抽屉里？"间宫说，"看来这段声音是不经意间录下来的。"

"不，应该不是这样。"草薙摇了摇头，"难道长冈不是故意把录音器藏在抽屉里的？为的是录下自己和某个访客的对话。他一直没有关掉开关，说明……"

间宫突然瞪大了眼睛。"说明那个来访者把长冈给杀了，凶手就是和长冈对话的人。"

"正是如此吧。"

间宫把脸凑近电脑，看上去像是不听出点什么就不罢休一样。草薙也在旁边仔细听着，但只能听出说话的是个男人，别的什么都听不清。

"可恶！还是不行啊！"间宫不耐烦地咂了咂嘴。

这时，喇叭里传出了东西倒地的声音，说话声随即停止。

草薙咽了口唾沫，和间宫面面相觑。刚才是什么声音？是长冈修被凶手勒死后，倒在地板上时发出的声音吗？

众人正在思考之际，喇叭里突然传出了一段尖锐的声音。草薙不由自主地后退了两步。声音很快戛然而止。

"刚才那是什么？"间宫惊讶地问。

"谁知道呢……"

草薙正纳闷时，内海薰忽然说道："请再播放一遍。刚才那段声音，让我再听一遍。"

草薙朝岸谷使了个眼色，岸谷操作着电脑，将刚才那段声音重放了一遍。这段尖锐的声音到底是什么？草薙听了两遍，还是一头雾水。

但内海薰此时好像明白了什么，她重重地点了点头，来回看了看间宫和草薙，说道："是《津轻民谣》。有一个人的来电铃声就是这个。"

23

对胜田干生的讯问是在警视厅的审讯室内进行的。警方传唤胜田时，他脸色苍白，否认去过长冈家。

"可以请您详细说说三月五日当天的行动吗？"

"我刚才不是说过了吗？那天是我餐厅的固定休息日，我一整天都待在家里。"

"这个我知道，我们希望您能提供一些证明,任何形式都可以。就算您是独居，也不可能找不到。比如，有没有邻居和您打招呼，或有没有人来拜访之类，有的话说出来比较好，这样我们马上就能让您回家。"

胜田缄默不语，表情痛苦，鬓间冒出汗珠。见此情景，草薙断定胜田便是杀害长冈的凶手。

不久，本部收到了对胜田家进行搜查的侦查员传回的报告。在胜田家中，发现了长冈修的平板电脑，里面存有古芝伸吾与大贺仁策通话时的录音、古芝秋穗手机里的信息的照片，还有长冈和仓坂由里奈谈话时的录音。

草薙将这些告诉了胜田。"这是怎么回事？您不是说最近只是和长冈通过电话而已吗？那为什么会在您家中发现长冈的平板电脑呢？为了让我们把事情弄清楚，您能好好地解释一下吗？"

胜田无力地垂下了头，一言不发。

草薙看穿了他的心理，明白他是无法下定决心。"胜田先生，"草薙轻声唤道，"您还是尽快拿出认罪的态度比较好，以后也对您有利。"

胜田慢慢抬起头，四目相对时，草薙点了点头。

"是我鬼迷心窍了……"胜田说道。

"嗯。"草薙应道，"您可以具体说说吗？"

胜田微微点点头，问道："我可以喝杯茶吗？"

"当然。去给胜田先生泡一杯今年的新茶。"草薙对身后担任记录员的内海薰说道。

胜田的供述从他加入超级科技新城计划的反对运动开始，契机则是他在进山采蘑菇时，偶然遇到了正在进行调查的人，他们擅自将胜田经常采蘑菇的地方划为了禁止进入的区域，令胜田颇为恼火。后来，胜田出席了反对派的集会，听到了令他更加震惊的事。那片区域将产生高放射性核废料，即便放射性物质不会泄漏，也没有人敢吃从那里采回来的蘑菇了吧？无论如何也不能让对方得逞，胜田暗想。

胜田喜欢户外运动，和很多自然保护团体都保持着密切的关系。胜田一边联络他们，一边扩大反对运动的范围。不知不觉间，他成了反对派阵营的核心人物。"胜田先生加入以后，我们的凝聚力增强了不少啊！"这样的论调越来越多。胜田的负担不小，但他很受爱戴，没有人对他怀有恶意。他对反对运动的热情愈发高涨。但是，变化突如其来。去年春天，一个男子造访了胜田的餐厅。吃完套餐后，男子提出有些特别的话想对店长说，胜田便来到他的座位旁。

"实在是太美味了，您的厨艺真是精湛！"男子说完，用纸巾擦了擦嘴。他表情和善，但眼中闪着老奸巨猾的光，耳朵像花椰菜一样，令人不寒而栗。"这么完美的料理……"男子意味深长地看着胜田，"到底能吃到哪天呢？"

这句话出乎意料，胜田惊讶地看着对方。"啊？什么意思？"

男子的嘴角浮起一丝微笑。"就是字面上的意思。我确实很担心，能做出如此佳肴的餐厅要是不得已倒闭了，岂不是太可惜了吗？"

胜田感觉自己的脸在不住地抽搐。面对这侮辱人的话语，胜田本想厉声呵斥，但他知道不能这么做，只得挤出一丝微笑，勉强地答道："为了不让那种事发生，我们今后会更加努力的。"

"嗯，请一定要加油。但是话说回来，普通人的努力能达到的程度是有限的。有时，借助更强大的力量来帮助自己，才是真正的生存智慧，不是吗？"男子说完，递出了一张名片。他姓矢场，是建筑公司经营顾问。

"您究竟想说什么？我实在不太明白。"

矢场露出令人生厌的笑容，把脸凑到了胜田跟前。"贵店的经营状况，我可是很了解的。虽然这么说很失礼，但贵店目前的情况并不是很乐观吧？当然，您可以选择把店铺转让出去，但如果您想要继续经营下去，我能助您一臂之力。我今天就是想和您谈谈这件事，才特意登门拜访的。"

胜田凝视着对方。"您……究竟是什么人？"

"详谈的话我们还是换个地方吧，怎么样？事先声明，我决不会让您吃亏的。"矢场站起身，"近期我会再联络您的，多谢款待。"

此后，矢场的话一直在胜田脑中挥之不去。那个人看穿了餐厅的经营已经非常惨淡的现状。想当年，身为厨师的胜田用亲自采回来的蘑菇烹制高级料理，在当地传为美谈，食客常常蜂拥而至。本来脚踏实地地做些小买卖已经收获颇丰，但胜田有了野心，草率地决定壮大餐厅。他扩建店面、增设座位，但最终还是失败了。任何潮流都有过气的一天，空座越来越多，店里的气氛愈来愈冷清，回头客也逐渐减少，因扩建而欠下的债款使低价售出美食的经营方针难以维持。不知不觉间，胜田已经债台高筑，若不尽早采取措施，甚至将面临餐厅倒闭的境地。

没过多久，矢场便联络了胜田。二人在一家外观看上去很像民宅的高级日本料理店的和室碰了面。刚一见面，矢场就把自己的真实身份告诉了胜田,他是超级科技新城计划外联工作的负责人。

看着一脸困惑的胜田,矢场露出了令人毛骨悚然的笑容。"觉得不可思议吗?不过,正因您是反对派的领袖,我才要告诉您一个好消息。至少对您而言,是个好消息。"

"什么好消息?"胜田警惕地问道。

"我们可以帮您重建餐厅。当然,我们不可能无条件为您做这件事。"

"你说的条件……该不会是想让我倒戈,加入推进派吧?"

矢场冷笑了一声。

胜田知道自己猜对了。他起身说道:"我要回去了。很抱歉你看错人了,你觉得我会因钱而动摇吗?"

"那您会因什么而动摇呢?您为什么参加反对运动?难道不是因为惧怕蘑菇料理的人气下滑吗?这不是为了您的生意、为了挣钱吗?因此,我们才考虑支付给您一笔补偿金。"

"补偿金?"

"对,这当然不是不干净的钱。现在您能坐下和我好好谈谈了吗?"

胜田一屁股坐回了坐垫上。在这一刻,胜负已分。

矢场提出的条件并不是单纯地让胜田倒戈。相反,他表示胜田继续参加反对运动也无所谓。"但是……"矢场为胜田倒了杯啤酒,"您要为我们提供情报。"

"情报？"

"反对派的相关情报，比如他们在筹划的活动、成员名单等等，希望您能暗中透露给我们。此外，您无须做别的事，还可以像以前一样和反对派的人保持联系，这样您就不会背上叛徒的骂名了。作为补偿……"矢场给出的补偿金额相当诱人。这些钱足够救急，胜田动心了。

这时，矢场开始趁热打铁。"反对运动也就是那么回事。有了这个组织，确实会让大家产生一种可以畅所欲言的感觉。可问题是，如何全身而退呢？想必您也应该很清楚吧？不管用什么方法，反对派都没有胜算，他们早晚都得收刀入鞘。最重要的是时机，一旦错过了，就会一无所获，一分钱都赚不到，这样也可以吗？"

矢场的每一句话都在动摇着胜田的内心。矢场早就看穿了胜田的本性。反对派中的大多数人，都是纯粹出于保护自然环境的目的而加入的，但胜田不一样。正如矢场所说，他是因为意识到生意日渐衰落，产生了危机感，才加入反对派的，所以胜田在心中认定自己无法拒绝对方在谈判席上提出的补偿金。

"也许不能告诉你太多情报……"

矢场闻言立即眉开眼笑。"没关系。这样一来，反对运动的势头就会减弱了。那么，交易就此达成！啊，真是太好了！您真是个识时务的人，我就知道您一定会答应的。来，我们一起喝一杯吧！这家店供应的都是好酒，您不要客气。"

此后，胜田正式改变立场，成了推进派的间谍。为了把握反对运动的详细情况,他必须要保住自己在反对派中的核心地位,反而投入了比以往更大的热情去参加抗议活动。

一天,在施工已经开始的地段中,有一处区域因环境保护而禁止车辆通行,但有一辆卡车突然开了进去。得知这件事后,反对派的人准备去现场拍下照片留作证据。但当他们赶到时,并没有看到卡车,甚至连车辆行驶过的痕迹都没有留下。这自然是因为胜田立即将此事告诉了矢场。还有一次,有消息称施工方为了让草枯萎,使用了违法农药。胜田也马上给矢场打了电话。

不仅是抗议活动的相关情报,胜田把反对派成员的个人信息也泄露给了矢场。那些态度强硬、积极踊跃的成员,就像梳齿一根根被掰断一样,一个接一个脱离了组织,看来是被推进派拉拢了。

进入今年以来,反对运动完全陷入了衰颓的困境。最近很少有人再组织抗议活动了,半途而废的气氛弥漫开来。

另一方面,胜田也备感焦躁。餐厅的经营状况还是老样子,从矢场那里收取的报酬只能应一时之急。苦无良策的胜田决定向矢场要钱。

但许久不见的矢场态度十分冷淡。"没提供什么情报就想要钱,胜田先生,您也太任性了吧?"矢场撇着嘴说道。

"但毕竟是多亏了我,反对派才安分下来的吧?所以说,请给我一点——"

"胜田先生!"矢场凶狠地瞪着胜田,"再提出这种无理要求,您的间谍身份可就要被揭穿了。反正对我们而言,这根本无关痛痒。"

胜田怔怔地站在那里,哑口无言。矢场把手搭在了他的肩上。"要是找到了好材料,请务必带过来,无论何时我都会买的。"

听着矢场低沉的声音,胜田这才醒悟,他被矢场利用完就舍弃了。

就在那时,长冈修主动联络了胜田。对胜田而言,长冈不是好应付的人。长冈加入了反对派,但平时都是单独行动,比任何人都了解超级科技新城计划的缺陷。他对多方势力互相勾结的内幕一清二楚,怀疑那只是一个能让一小部分人捞到油水的计划。特别是最近,他把大贺仁策当成了目标。胜田不知道他手中究竟握有什么样的底牌。

长冈在电话中说:"我最近抓住了大贺仁策的一个致命把柄,顺利的话,说不定能让他身败名裂,退出一线。"长冈语气很兴奋,问胜田最近是否有时间见面详谈。

胜田没有理由拒绝,倒不如说,他恨不得早点见到长冈。"致命的把柄"究竟是什么?一个自由撰稿人真的能让大贺这样的大人物下台吗?

长冈说为了做好保密工作,希望胜田能去他家谈。于是,在餐厅固定休息日即三月五日这一天,胜田去了东京。

见面后,二人草草寒暄了几句,长冈就拿出平板电脑,没有做任何说明,直接播放了一段录音。

能听得出那是两个男人在通电话,其中一人是个年轻男子,声音听起来很陌生。当听到另一个人的声音时,胜田一下子愣住了。毫无疑问,那是大贺仁策的声音。

胜田惊诧不已,连对话的内容都没听清。长冈察觉到了胜田的异状,于是又播放了一遍录音。

这次胜田清楚地听到了。那个自称警察的年轻男子询问了一个叫古芝秋穗的女人的相关情况。另一个年长的男人,恐怕就是大贺仁策,则斥责那个年轻人。

"这是什么?"胜田问长冈。

长冈冷笑着,说出了一番令胜田惊愕不已的话。担任大贺专任记者的古芝秋穗,实际上是大贺的情妇。她于去年四月突然死在了东京一家高级酒店中。她本有获救的希望,但很可能是因当时和她在一起的大贺对她弃之不顾,只身逃跑,才令她丢了性命。古芝秋穗的弟弟察觉到了真相,那段录音便是他和大贺通话时录下来的,大贺的手机号应该是他在姐姐的手机里找到的。

胜田问长冈是怎么得到这些东西的,长冈只说他自有门路。"这些东西可不是凭空捏造的,是从与古芝秋穗小姐的弟弟关系亲密的人那儿弄到的。我本来想直接去找古芝的弟弟谈一谈,但目前出了点状况,我很难见到他。不过没关系,我还有其他证据,比如这个。"

说着,长冈把平板电脑转向胜田。屏幕上显示的是一张关于手机里的信息的照片,标题是"1820"。长冈说,这是古芝秋穗给大贺发的信息,她死亡时所在酒店的房间正是1820号房。

"我采访了某个知情人,并录了音。那个人也允许我将此事写成报道,准确地说,是拜托我务必要写。"

听了长冈的话,胜田的大脑一片混乱。致命的把柄原来是绯闻,这是胜田没有想到的,他还以为是金钱交易之类的丑闻。

胜田问长冈准备什么时候公开此事,长冈说要视准备工作的情况而定。

"我们的目标可不普通,所以必须要慎重行事。我们现在应该讨论一下该把稿子投给哪家媒体,因为肯定不能委托给那种中途会退缩的地方。"长冈补充道,"这件事我还没有告诉其他人。"

胜田左思右想,这确实是个致命的把柄,大贺倒台必将给超级科技新城计划带来巨大的影响。矢场会买下这个情报吗?等报道刊登出来,情报也就变得毫无价值了。"能不能过段时间再发表那篇报道?"胜田说,"我想和老家的同伴们再商量商量。"

长冈感到意外,眨了眨眼睛。"还有商量的必要吗?大贺的丑闻一旦曝光,对你们来说可是一股强大的东风。而且,这件事和超级科技新城计划并没有直接关系,终归是大贺个人的问题。这件事本就与你无关,但我还是好心地告诉了你。"

"但是……"胜田的声调突然拔高了,"我们也有自己的计划,团结一致推进反对运动是我们不变的准则,所以还请你不要自作主张。"

"什么样的计划呢?我怎么自作主张了?你说的话真奇怪

啊。"长冈凝视着胜田,"你怎么了?为什么一脸惊恐的表情?碰上什么麻烦事了吗?见你这副样子,我不得不在意那个奇妙的谣传了。"

"奇妙的谣传?"

"我是在你老家那边听到的。有人说胜田干生打算倒戈,还有人说你本来就是推进派的间谍。间谍的任务,就是把情报泄露给敌人吧?"

胜田极力想掩盖惊慌失措的神情。"一派胡言!我怎么会做那种事?"

胜田拼命辩解,但还是没能骗过长冈。"胜田先生,"长冈冷静地唤道,仿佛看穿了胜田,"如实坦白怎么样?那样我倒是可以给你提供一些建议。"

"建议?"

"你承认自己是间谍了?"

"我不知道你在说什么。"

长冈哼了一声。"好吧,那请你先听我把话说完。现在我完全可以把大贺的丑闻写成报道,但还需要加强文章的杀伤力。我想得到足以让大贺陷入绝境的材料。接下来就是我的建议。首先,你要把刚才我告诉你的这些情报故意泄露给对方,以推进派间谍的身份。"

"我说了,我不是间——"

"好了,请先听我说。你可不能像以前那样把这些情报告诉对方一个无关紧要的人。说起来，你已经和某企业雇用的谈判代表见过好几次了吧？只是这样还不行，你最好能直接去找大贺本人，就算不行，至少也得能接触到大贺秘书之类的人。得知情报后，对方肯定会乱了方寸，不遗余力地去掩盖真相。这时候，你的任务就来了，你要掌握那些家伙采取了什么行动，最好可以留下证据。这样一来，我的报道将变得无懈可击。也就是说，你不是间谍，而是双重间谍，这样你也就不是反对派的叛徒，而是英雄呀！这个建议怎么样？"

长冈的话令胜田更加混乱了。不是间谍，而是双重间谍？还能成为英雄？这样真的好吗？不，一点也不好。对胜田来说，大贺仁策的事怎样都无所谓，超级科技新城计划也是如此。最重要的是餐厅，是还清债务。胜田现在最需要的是钱。不能就这样回去，一定得做些什么。胜田很想得到长冈手中的情报，但如果不阻止长冈就毫无意义。

胜田的余光扫到了一样东西，是一条领带。办公桌前的椅背上搭着长冈脱下来的西服和衬衫，领带也随手搭在那里。

"我再去冲一杯咖啡，请你好好考虑考虑吧，有的是时间。"说完，长冈便站了起来，转过身去冲咖啡。

机会就在眼前！如果错过了，自己将身败名裂……胜田抓起领带，从长冈背后发起了突袭。他用领带勒住长冈的脖子，在颈后交叉，用尽全力拉紧。长冈痛苦地呻吟着，双膝重重地跪到了地板上。胜田一边勒着长冈，一边用身体压住长冈的后背。这是超过九十公斤的巨大负重。

长冈奋力抵抗,拼命地摇动身体,想把胜田从后背上甩下去。但胜田决不会让他逃脱。若此时功亏一篑,胜田将走投无路。胜田不知道自己勒了多长时间,他回过神来时,长冈已经一动不动地趴在地上,双腿僵硬地伸着。

胜田胆战心惊地看着长冈,只见长冈双目圆睁,张开的嘴中淌出了大量唾液,已经没有呼吸了。胜田呆坐在地板上,感觉不到自己已经杀了人。他能意识到自己刚才干了一件不得了的事,但究竟是什么事,他也不知道。

突然,胜田的手机响了起来,《津轻民谣》的旋律传入耳中。他慌忙接听,是信用金库的人。他说了一句"待会儿给你打回去"就挂断了电话。他闻到了一股尿骚味,这时才发现长冈的裤裆湿了。他终于知道了自己现在应该做什么。他站起身,从身旁抽了几张纸巾,开始擦拭自己碰过的地方。擦完后,他没有将那些纸巾丢进垃圾桶,而是扔到了包里,因为他觉得这种细节也可能会成为线索。他把自己用过的咖啡杯也放了进去,要是唾液被检测出来可就麻烦了。随后,他小心翼翼地将领带从长冈的脖子上摘下来,塞进了包里。

胜田看见旁边有一个小背包。他小心地不留下指纹,探手摸索着,发现里面装着笔记本和数码相机。他把这两样东西连同长冈的平板电脑和手机一齐装进了自己的包里。最后,当然还有长冈征得他的同意后摆在桌子上的那个录音笔。他没有想到,抽屉里还藏着另外一个录音器。

胜田抱起包，尽量不碰屋内的任何东西，蹑手蹑脚地走出房间，锁上了门。前往车站的途中，胜田把长冈的家门钥匙和手机一起扔进了河里。如果被 GPS 定位追踪就糟了。

直到坐在回家的列车上，恐惧感才一下子涌上心头。长冈咽气后的双眼在他的视网膜上刻下了深深的烙印，永远都无法抹去。

不惜杀掉长冈而获取的情报是否要立刻卖给矢场，胜田为此一直犹豫不决。他想还是等长冈被杀一事的调查告一段落再说吧。令他意想不到的是，自己这么快就被逮捕了。

24

听完薰的话,汤川阴沉的表情并未发生变化。他坐回椅子上,凝视着窗外。他一直端着盛有速溶咖啡的马克杯,但一口都没有喝。

"汤川老师,"薰在他背后唤道,"真是太好了,这下古芝的嫌疑总算洗清了。"

汤川慢慢回过头,喝了一口咖啡。似乎是因为咖啡已经凉了,他皱着眉把马克杯放到了操作台上。"如果你说的是长冈修被杀一事,那对我来说毫无意义。我说过很多次了,我从未怀疑过古芝是凶手。"

"嗯,这件案子是和古芝无关,但他很有可能会犯下一个新的案子,这一点老师您不能否认吧?"

汤川没有作答,表情沉痛地坐到了操作台上。他凝视着某处,目光尽头呈现出的应该是爱徒的身影吧。

"警视厅有一件事拜托您。"薰说道,"明天一早,不,可以的话,今晚请您陪我去一个地方。"

汤川抬起头，嘴角泛起微笑。"是约会吗？去哪儿？"

"光原町。"

汤川的表情更加阴沉了，他摘下眼镜，随手一扔。"超级科技新城吗……"

"前几天和您说过了吧？奠基仪式就在明天，大贺议员也会出席。您曾说过，从物理学上来讲，利用磁轨炮狙杀大贺并非不可能。您的想法没有改变吧？"

"没有。从物理学上说是可能的。"

"所以我希望您和我一起去，请您为我们提供一些建议。"

汤川摆了摆手。"没这个必要吧，把这件事告诉大贺议员，让他不要到场即可。"

"您说得对，我们也在尝试这种方法，但议员是否会接受我们的建议就不得而知了，毕竟兴建超级科技新城是他的夙愿。上司也觉得很难说服他。"

"即便如此，我也没必要去。你们只须仔细排查那些看上去能够装载磁轨炮的车辆，采用人海战术就可以了。"

"这是自然，我们已经和当地的县警联络，共同负责警戒工作，但没人知道接下来会发生什么。古芝是个聪明的年轻人，对吧？恐怕不会采取轻易就会被识破的方法。"

"他的确是个聪明的年轻人……"汤川脸上露出痛苦的神情，攥拳捶向操作台，"我真希望他对犯罪这种事一窍不通，希望他能意识到他正在做的事很难顺利完成,从而放弃复仇。"汤川的语调近乎呻吟,薰从未听到过他用这种语气说话。

"请您阻止他吧!"薰说,"因为只有老师您才能做到。"

"如果真的有人能阻止他,那个人也不是我……"

"那是谁呢?"

汤川起身转向薰。"有个地方想让你陪我去一趟,如果你带着警察手册就更方便了。"

"什么地方?"

"跟我来就知道了。"

大约一小时后,薰和汤川出现在了位于新宿一家公司的接待室中,该公司名为"晓重工",业务内容是制造、销售起重机、推土机等重型工程机械。据汤川说,古芝伸吾的父亲惠介生前便在此就职。关于造访这家公司的目的,汤川说:"当然是为了阻止古芝,因为这儿肯定有足以令古芝放弃计划的东西。"

薰看了看表,他们被领入这个房间已经十分钟了。薰对接待窗口内的总务部的人说,他们想和比较熟悉古芝惠介先生的人见个面,如果可以,还想看看当时的资料。

敲门声响起,薰说着"请进",站起身来。坐在一旁的汤川也站了起来。

门开后,出现的是刚才和内海薰二人打过招呼的总务部一个姓田村的男人。"有一个人和古芝先生一起工作过,我把他带来了……"

"非常感谢，请让他进来吧。"薰说道。

田村朝门外点了点头。一名男子随即出现在门口，看上去五十五岁左右，神情一本正经，手里拎着一个纸袋。

双方交换完名片后，又寒暄了几句。男子姓宫本，隶属海外事业部，曾多次与古芝惠介并肩工作。

二人告诉对方此次造访的目的是为了寻找行踪不明的古芝伸吾，自然没有说正在调查什么案子。

"我和古芝伸吾念的是同一所高中，和他有点交情。"汤川说道，"内海警官问我对古芝的下落有没有什么头绪，我就想到了贵公司，因为他很敬仰他的父亲，成为一名和父亲一样的工程师一直是他的梦想。"

"是吗？但是古芝先生去世已经快五年了，这里应该没有与他儿子去向有关的东西。"

"也许吧。但是古芝经常说'以后我想亲眼看看父亲所从事的职业是什么样的'，所以我想，看了古芝惠介先生在职期间的相关资料，说不定会找到些线索。"

宫本赞同地点了点头。"古芝先生生前想尽力完成的项目，相关资料我带来了。"他从纸袋里拿出了一个厚厚的文件夹，"但是，项目地点并不在日本。"

"我知道，是在柬埔寨。"

见汤川脱口而出，薰抑制住内心的波动，注视着他。她从未听说过这件事。

"原来您知道啊，是古芝先生的儿子告诉您的吗？"

"不，是他的女儿……古芝伸吾的姐姐告诉我的。"

"古芝先生的儿子会不会去了柬埔寨？"

"不知道，但是的确有这种可能。您不介意我看看这份资料吧？"

"嗯……请随意。"

"那我就不客气了。"汤川说着，拿过文件夹。

薰瞥了一眼开始看资料的汤川，问宫本："我可以问个问题吗？古芝先生对您谈起过他的儿子吗？"

"当然谈起过，他一直以儿子为骄傲。"

"他是怎么说的呢？"

"他常说不需要在儿子的学习上花太多钱，他儿子的好奇心很强，总是主动看书，遇到不懂的问题会查个明白，不需要上补习班。只是，在家里做科学实验很危险，他儿子小时候还打算用小电灯泡连接家用电源。不过，古芝先生说起这些往事时，总是很高兴的样子。"宫本说着，露出了既怀念又落寞的表情。

薰看了一眼身旁正专注地阅读资料的人，想象着这个人小时候是不是也是如此。

汤川忽然抬起了头。"这一页能帮我复印一下吗？"

"哎？"宫本欠身，"哪一页？"

"这里，这份报告的后记部分。"汤川拿着文件夹，指给宫本看。

宫本皱着眉移开视线。田村探头瞟了一眼。

"看来不是实验数据或涉及研究成果的部分，"宫本和田村对视了一下，随后冲汤川点了点头，"应该没问题。这一页有什么用吗？"

"我也说不好，但直觉告诉我它能派上用场。复印机能借我用用吗？"

"啊，我去帮您复印吧。"田村拿起文件夹，走出了房间。

"对了，"汤川问宫本，"古芝惠介先生是个什么样的人呢？"

宫本沉思了片刻，答道："一言以蔽之，是个朝气蓬勃的人。不轻易妥协，总是竭尽全力。"

"原来如此。古芝先生的女儿曾对我说过，古芝先生是来应聘后被贵公司录用的吧？"汤川又说了一件薰不知道的事。

"是的，他以前好像在美国的一家公司工作，干了十年左右辞职回国，来到我们公司上班了。"

"古芝先生和您说过他以前的公司及工作的事吗？"

"嗯……"宫本努努嘴，歪着头说，"几乎没有。有时候就算问他，他也会岔开话题。我猜想或许是发生了什么不好的事，他才辞职回国的。"

汤川点头称是。这时，拿着文件夹和复印件的田村推门进来了。

25

敲门声传来。"请进。"大贺坐在椅子上应道。

门开了,门缝里露出鹈饲那张看上去很精明的脸。"刑事部长已经回去了吧?"

"嗯。"大贺应道,"真是让我为难,我都已经直截了当地拒绝他了。"

"还是希望您暂且先不要出席吗?"

"居然问我能不能在室内致辞,净说蠢话!奠基仪式要在户外举行,所以致辞也必须在户外。"

"我认为这没有问题。"

"如果知道嫌疑人是谁了,认真做好警戒工作不就行了吗?我堂堂大贺仁策,会因为惧怕一个小毛孩子而东逃西窜吗?"

"您说得对。"

"明天我会按照预定计划去现场,就这么办吧。"

"我知道了,已经安排妥当,会按时来接您。"

"嗯，到时候还要拜托你了。"

"那我先告辞了。"鹈饲低头行礼，朝门外走去。

"鹈饲！"大贺叫住了他，"你想没想过情报泄露的事。"

鹈饲缓缓回过头来。"您说的是那个被杀的撰稿人察觉到的情报吗？"

"嗯。刑事部长说警方不会公开，但他们不可靠。"

"嗯，或许正如您所说。"

"假如情报泄露给了媒体怎么办？我觉得只要一口咬定当时并未发觉对方身体不适便可。"

"不，"鹈饲微微摆手，"您这么说可不行。虽然不会被问罪，但您的形象就毁于一旦了，因为这就等同于失信于民。说到底，政治家的丑闻本就是为世人所不容的。"

"那该怎么办才好？"

"这个嘛……"鹈饲小声说了一句。他一动不动地站在那里，眨了眨眼睛。"找一个替罪羊吧。就说那女人的交往对象不是先生您，而是另一个人。那人借走了您的手机，所以在案发当夜，您的手机才会收到那条信息。这个主意不错吧？"

"是啊。可是，找得到这么合适的替罪羊吗？"

"我会想办法的。如果实在找不到……我来顶罪。"鹈饲平静地说道。

大贺一时间沉默了。他感受到部下已经下定决心，且毫无动摇之意。"嗯，"大贺态度自然地点了点头，"到时候就交给你了。"

"那我先告辞了。"

"嗯……啊！鹈饲！"大贺略微思考了一会儿，徐徐说道，"看来，当时的决定是正确的。"

鹈饲那双细长的眼睛微微睁大了。"当然，先生您做出了最正确的选择，正因如此，至今都没有发生任何问题。明天乃至将来，也不会发生。"

大贺点点头。"听你这么说，我就放心了。"

"您……"鹈饲接着说道，"从某种意义上来说，自那夜起，才蜕变成了一个政治家。"鹈饲像线一样细的眼睛里露出了令人生畏的目光，"真正的政治家。"

"真正……吗？也许吧。"

"请您好好休息吧。"鹈饲恭敬地低头行礼，走出了房间。

大贺拉开抽屉，里面放着几块巧克力。他拿起一块，剥掉包装纸，放进嘴里。他爱喝酒，也喜欢甜食。

大贺开始吃歌帝梵巧克力，是因古芝秋穗曾将其当作情人节礼物送给他。那天，他拆开礼盒，只见点缀着五颜六色装饰物的球形巧克力并排而列，宛若宝石一般。

"怎么样？吃好吃的东西的同时，也要让视觉愉悦。老师您平日里看到的大多都是些脏东西，眼睛应该已经营养不良了吧？"秋穗调皮地眨了眨眼，说道。

"什么脏东西……我什么时候看过？"

"您不是整天都在看其他议员那些饱经世故的脸吗？谄笑间

慢慢流露出想方设法排挤同僚、陷害政敌的意图，您几乎每天都在目睹这些事。正因如此，哪怕看待最普通的事物，您也会带有偏见。证据就是，即便对方坦诚相待，您都会怀疑可能有什么阴谋，或考虑对方是否值得信赖。您经常这样过度解读别人的行为吧？原因就是平时看脏东西看得太多了。"

"政治家不多疑可不行。照你这番歪理，我这张脸不是也变成脏东西了？"

"还真是。哇！糟了，看来得把全世界的镜子都砸碎才行。"秋穗拍着手，倒在床上放声大笑。

真是个开朗的女人。这份爽朗抚慰着大贺的心灵，也一直激励着他。其实就算她不说，大贺也心知肚明，政治家的世界就是一场长久的心理战。有时，和自己并不了解的对手对峙，必须耍些手段，必要的时候把自己变成恶魔也未尝不可。为了推进超级科技新城计划，他稍微采取了一些强制措施，估计恨他的人很多吧。如果每天都沉浸在敌对与仇恨之中，没有人能一直心平心和。他也身心俱疲，不堪重负了。但即使是这种时候，如果能和秋穗见上一面，他便能重拾勇气，觉得明天又能奋勇向前。

初次见面时，秋穗便吸引了大贺的注意。他喜欢秋穗俏丽的脸蛋，更加吸引他的是秋穗毫不胆怯的大方性格。虽然还是个新手，她对大贺却直言不讳。如果斥责她"那么简单的事都不懂吗"，她便会嘟着嘴反驳"正因为懂才会向您请教。您的行为难道没有违背承诺吗"。大贺也经常觉得她是个自大的小姑娘，但与那些一味阿谀奉承、写几篇对自己有利的报道来应付差事的记者相比，还是和秋穗待在一起更令他愉快。但开朗的秋穗也有内在的另一面，她是个懂得收敛锋芒的厉害女人。

有一次二人独处时，大贺试着问："做一次吗？"他是认真的，但他想对方或许会拒绝。然而秋穗的回应并非如此，她凝视着大贺的脸，问道："条件是什么？"

"条件？什么？你想要钱吗？"

秋穗很吃惊，呆呆地摇了摇头。"那您去找个妓女不就行了吗？还是请您去风俗店吧。我所说的条件不是那个意思。既然我们要保持特殊关系，就必须要订一些规则，因为您并没有和您夫人离婚的打算吧？我也不想卷入任何纠纷。以后我要是遇到了喜欢的人，也许很快就会结婚的。所以，我们之间的关系绝对不能泄露出去，也不要互相束缚。将这作为条件可以吗？"

大贺钦佩不已，他再次认识到秋穗是个聪明的女人。

不久，二人便上了床。做完后，大贺躺在床上问道："你喜欢我吗？"

"我觉得可以和您上床。"秋穗从不说真心话，她一直是个让人难以琢磨的女人。

秋穗是专任记者，所以二人经常见面，幽会则是每个月一两次。他们主要通过手机信息联络，为此，大贺又买了一部手机。

为了不让别人发现二人的私密关系，秋穗行事十分谨慎。"以防万一，千万不要让您的名字出现在信息里，当然我的名字也不能写。万一手机丢了，里面的内容被看到就麻烦了。选民有一半是女人，她们对政治家的异性关系丑闻可是深恶痛绝。日本首相也好，美国总统也罢，都有因此落马的政治家。"这个论年纪都能当大贺女儿的情妇，提醒着躺在床上的大贺。

令人颇感意外的是，秋穗从不向大贺索要消息。大贺掌握着很多尚未被其他媒体发觉的新闻素材，但秋穗既不过问，也不刺探。大贺曾问过一次，没想到秋穗立刻板起脸来，说道："做那种事的话，我不就和妓女相差无几了吗？"从秋穗的眼神中可以看出，她是真生气了。大贺急忙从床上起身道歉。

秋穗一向什么都不问，但大贺会说出一些消息，有时只是单纯地想为她提供新闻素材，有时则是出于政治策略的操作。不管是哪种情况，秋穗都不会固执地拒绝，而是将听到的消息用在了工作上。二人的关系始终没有暴露，但还是因有人怀疑秋穗的消息来源而传出奇怪的谣言。

关于超级科技新城计划，与大贺交谈最多的人毫无疑问也是秋穗。已公开或尚未公开的事项、作废的提案等，几乎都对她说了。"往来于各个公共设施的方法，我曾建议运营超小型磁悬浮列车，开发可供十人左右乘坐的列车，便能穿梭其中了。外来参观学习的人只要付钱也可乘坐。只是想想就充满梦想了吧？但是，交通运输系统的负责人态度暧昧不明，净说什么技术上的难度很大、没有足够的预算之类的话，最后还说：'先生，如果仅是出行，电动汽车不就足够了吗？'问题并不在此，超级科技新城要让大家感受到未来。如果只用电动汽车,能做到这一点吗?那些家伙根本什么都不懂。"

秋穗依偎在大贺的怀里听他发牢骚,呵呵地笑了。问她有什么好笑的,她说不是因为觉得滑稽,而是高兴才笑的。"只要一说到超级科技新城的事,您就变得跟个孩子似的,不停地说着自己的梦想。我很高兴。明明平常都板着脸,只说一些现实而没有梦想的话。"

"你胡说什么呢?我可是有梦想的。"

"那我就放心了。现在还顺利吗?据说最近反对运动活跃得很。"

"那种事我就交给当地的后援会了,池端会长人脉很广,是个很可靠的谋士。只要和那些企业家联手,应该不会有什么问题。"

"但老师您可能会被当成坏蛋吧?"

"没办法,这也是为了工作。"大贺抚摩着秋穗的头发说,"保护美丽的大自然和稀有的野生动植物固然重要,但只做这些事的话,人类是无法生存下去的。到头来,这个国家还是要靠科学技术。如果几十年后才做这样的决定,后悔就为时已晚了,所以必须有人承担责任。"

秋穗把手轻轻地放在大贺的胸口上,小声说道:"掌握了科学的人就能征服世界……"

"你说什么呢?"

"让大家变得幸福的咒语呀。"

秋穗是一个不错的交往对象,大贺想。维持和她的关系对双方都有好处,没有勉强。就这样,两年过去了。

幽会的酒店有三家,那家便是其中之一,能从地下停车场直达客房是它最方便的地方。

大贺快进入停车场时收到了秋穗发来的信息,标题是"1820",还是老样子,没有正文。停好车,大贺立刻上了楼。

秋穗笑脸相迎,但她的样子有些奇怪,脸色不太好,看上去很痛苦。大贺问她怎么了,她说没事。从冰箱里拿出啤酒,倒进玻璃杯,二人开始对饮。但没过一会儿,秋穗就说肚子疼,而且疼得很厉害。她在床上躺了下来,疼痛并没有得到缓解,脸色变得更加苍白了。大贺看到她的腹部下方,顿时大吃一惊,大量鲜血淌了出来。大贺问她有没有事,她只是虚弱地呻吟着,已经无力作答了。

大贺不知所措,给秘书鹈饲打了个电话。他只对鹈饲一个人说过和秋穗的关系。他简单地说明了情况,问鹈饲该如何行事。

"请马上离开房间!"鹈饲答道。

"不用联系医院吗?"

"不行!也请您千万别给酒店前台打电话。"

"为什么?"

"那样您就不得不留在那儿了。"

"我打完电话后马上离开不就行了吗?"

"不行!要是您打了电话却没留在现场,万一有人认出您就是古芝小姐的同伴，就百口莫辩了。您没察觉到任何异常，离开了房间。古芝小姐身体不适，是您离去后的事了，所以您才没给任何人打电话。这就是事实。"

大贺明白了鹈饲的意思。为了隐瞒和秋穗的关系，还是不要留在房间里比较好。就算关系败露，也绝不能让人知道是他逃跑了。"就这么置之不理，她也许会死。"

"如果真变成那样，"鹈饲冷淡地说，"那也没办法。毕竟一直都是她一个人，身边没有别人。"

"但是——"

"先生，"鹈饲语气冰冷地低声说道，"现在可是重要时期，您明白吧？超级科技新城计划总算渐渐成形，作为政治家，您平步青云的好机会就在眼前，您必须要变得更加强大。远离首相的宝座也没关系吗？不，不是这个问题。这种异性关系丑闻要是被公之于众，别说首相之路会被彻底堵死，说不定您的政治生涯也将就此结束。您或许觉得无所谓，我们怎么办？很多人会因此生活无着，那样也没关系吗？请您不要忘记，'大贺仁策'早就不是只属于您一个人的名字了，而是一个组织。"

大贺紧紧握着手机，看了看秋穗。她几乎动弹不得了。

她们对政治家的异性关系丑闻可是深恶痛绝。日本首相也好，美国总统也罢，都有因此而落马的政治家——秋穗的话浮现在大贺的脑海中。讽刺的是，这句话令大贺下定了决心。"我知道了。"大贺说道。他听见电话另一端的鹈饲放心地舒了口气。

"就当什么都没发生,什么都没看见,像往常一样离开房间,您明白吧?"

"她的手机里还存有发给我的信息,用不用删掉?"

"不需要这种小伎俩,请您尽快离开房间!"

"我知道了。"大贺挂断了电话,准备立刻离开。从壁橱里拿出外套,踏出卧室那一刻,他很想回头看看床上的秋穗,但他没有那么做,而是继续向前迈出脚步。

得知秋穗的死讯是在几日后。经鹈饲调查,她是死于宫外孕。这一消息令大贺心乱如麻。秋穗从未说过怀孕一事,或许连她自己都没有意识到。

"您不必介意。"鹈饲说道,"就算当时叫了救护车,也不一定能把她救回来。她感觉身体不舒服还来赴约,这本身就是她的错。我劝您早点忘了这件事,专注于政治,这也是对她最好的祭奠。"

大贺点了点头。事到如今,后悔也没用了。

不久,他接到了一个奇怪的电话。对方自称是警视厅的,询问他和秋穗的关系。他在电话里态度强硬,此后便没有再接到过那人的电话。刚才刑事部长说,那很可能是秋穗的弟弟打来的。

他曾听秋穗提起过她弟弟,是个学习能力很强的人,令她非常自豪。秋穗都这么说了,大概真的非常优秀吧。秋穗还因奖学金的事来找过他。现在,这个弟弟正企图报复他。那个名为磁轨炮的武器,好像是在一个专家的指导下制造出来的,且杀伤力不容小觑。这不是很好吗?他想。正因为有人想要他的命,他才蜕变成了鹈饲所说的"真正的政治家"。如今已经没有退路,只能尽力向前迈进,甚至走上歧途也是在所难免。

26

玄关的门开了,一个家庭主妇样貌的女子探出脸来,草薙向她出示了警察手册。"在您百忙之中打扰了,真是不好意思。我们正在巡逻,请配合一下。"

"请问有什么事?"中年女子不安地问道。

"可以让我们查看一下您家车库里的汽车吗?还有汽车内部我们也想检查一下。"

"我家的车吗?可以的。"

"太感谢了。"草薙致谢后向身后待命的岸谷使了个眼色,岸谷小步跑向车库。

"为什么要巡逻呢?"中年女子问道,"跟那个科技新城有关吧?"

不愧是本地人,看来是知道今天要举行活动。

"啊,就是那些事呀。"草薙含糊地答道,随后掏出一张照片,"您见过这个人吗?"是古芝伸吾的照片。

中年女子摇着头说:"没见过。"

岸谷回来了,汇报道:"没有问题。"

草薙转向女子,低头致谢:"给您添麻烦了。"

离开后,草薙和岸谷并肩而行。草薙探头看了看邻宅的车库,那里停着一辆四门轿车。"没问题。"他嘟囔着走了过去。用汽车运输磁轨炮需要足够大的后备厢,之所以要查看那个中年女子家的汽车内部,是因为她家的车是辆小型客车。

西服内兜里的手机振动了起来,是间宫打来的。草薙按下接听键。"喂。"

"情况如何?"

"这一带大致查完了,没发现什么特别情况。"

"是吗?其他区域也都陆续查完了,没发现磁轨炮。"

"盘查还在继续吗?"

"嗯,奠基仪式结束前,会一直进行。你们那边结束了的话,马上赶到D号帐篷待命。接下来的行动,我回头再联络你。"

"我明白了。"挂断电话后,草薙向岸谷传达了间宫的指令。

"警戒这么森严,古芝应该也是知道的。他还没有放弃吗?"年轻刑警说道。

"我也希望他可以放弃,但现在还不能大意。毕竟他是汤川的学生。"

昨天深夜,草薙等五十余名警视厅侦查员来到了大贺的大本营——光原町,在县警本部的大会议室里召开了联合对策会议。

根据仓坂由里奈的证词，古芝伸吾想要大贺的命是毋庸置疑的，问题在于他打算在什么时间、什么地点动手。奠基仪式应该是最好的机会。仪式将在超级科技新城第四展馆的建筑工地举行，大贺仁策也一定会出席。按照预定计划，奠基仪式后将由大贺致辞。

警视厅高层曾向大贺的办公室建议，希望大贺暂且先不要出席，但对方表示拒绝。大贺本人说："我不认为会有生命危险，而且逃避也不是我的性格。"听到这句话时，草薙不由得想：那个在情人有生命危险的时候只身逃离现场的人是谁？

今天一大早，草薙等人就开始协同当地县警在现场周边进行排查，目的是搜寻见过古芝伸吾的人以及可疑车辆。上司指示，以防万一，对私人住宅车库里的车也要进行调查，因为这里可能住着警方尚未掌握的古芝伸吾的亲戚或熟人，古芝伸吾有可能就藏身其中。此外，古芝伸吾涉嫌故意毁坏财物罪，并处于犯罪预备阶段，万一发现他，当场逮捕。逮捕令是基于仓坂由里奈的证词申请下来的。

草薙和岸谷一同前往 D 号帐篷。以举行奠基仪式的地点为圆心，半径约一公里的区域内，警方共设置了六顶值班帐篷，D 号帐篷就是其中之一。

帐篷内有从警视厅来的熟面孔。那人和草薙同届，就职于其他部门，是被派来支援这次行动的。

"做得太过了，这样一来，嫌疑人根本不会靠近。应该稍稍放松戒备，诱使对方自投罗网才对。"那人不满地说。

"上面考虑的是，万一嫌疑人发射了磁轨炮就麻烦了。毕竟谁也不知道那东西的威力究竟如何。"

"那东西真有那么厉害？不就是个高中生做的玩具嘛！"

制作者的确就是个高中生，但指导者可是个天才物理学家啊——草薙把这句话咽了回去。

不久，有人通知他们奠基仪式结束了。草薙走出帐篷，用双筒望远镜观察现场的状况。在一片辽阔的草地中央，大贺正对众多相关人员和记者致辞。

草薙环望四周，似乎并没有发现可疑车辆。

大贺从话筒前走开，座席上的相关人员也都站了起来。大贺随即坐进了停在附近的奔驰车中。

岸谷从帐篷里走了出来。"刚刚收到命令，让我们全体返回县警本部。"

"知道了。"草薙应道。奠基仪式顺利结束，他们没有理由留在这里了。

各自坐上警车，返回县警本部的途中，无线电又接收到了紧急联络，让他们火速前往"Sunny 体育场"，那是位于光原町郊外的一座棒球场。

草薙给间宫打了个电话，问他这到底是怎么回事。

"没什么大事，是大贺议员的预定行程变了。准确地说，是临时安排了一项警方不知道的活动，说是在去车站之前，要顺路去一趟Sunny体育场，参加开球式。"

"开球式？"

"今天是少年棒球大赛的决赛日，赛前举行开球式是惯例，而且和一般的开球式不同，这次由大贺议员担任投手，町长担任击球手，真刀真枪地进行一个打席①的对决。听说大贺议员和町长高中时曾一起加入了棒球社，真是全然不顾我们的难处啊。"

"这件事公开了吗？"

"光原町官方网站上的町长博客里写到过'今年也期待着和老对手一较高下'。虽然没写明老对手是谁，但只要查查去年的新闻报道，就可以知道是大贺议员。"

古芝伸吾一定看过那篇博客，草薙暗想。"那座棒球场有观众席吧？"

"没有，看上去不是那种高级球场，只是用铁丝网把四周围住，任何人都可以从场外观战。那片区域的地势落差较大，有好几个可以俯视球场内部的地方。"

"那不就大事不好了吗！"

"所以才会紧急派出警力。总之，你们火速赶往体育场！"间宫大声嚷道，不等草薙回应就挂断了电话。

---

① 当击球手遇到被四坏球、触身球保送上垒等情况时，计一个打席。

27

坐在副驾驶席上的汤川不停地操作着电脑。等红灯时，薰从旁边瞥了一眼，可以看见屏幕上显示的好像是航拍照片。薰问汤川这是什么，他回答"谷歌地图"。他在利用这个软件确认Sunny体育场周边的地形、建筑物的布局等。

"开球式……还真是找了个好场合。我说这话不是想表扬他，不过也不得不说，不愧是古芝啊。"

"您是说他钻了侦查的空子？"

"不仅如此，得知他没有在奠基仪式期间动手，我就感到很不对劲。的确，奠基仪式现场四周十分空旷，让人认为很适合进行狙击，但那儿并不是一个能事先确认大贺准确位置的地方。大贺会坐在哪儿？即便他出场致辞，话筒放在哪儿？不到时候是不可能知道的。磁轨炮不是步枪，无法随机应变地改变发射方向。为了瞄准约一公里外的目标，就需要大量的准备工作，恐怕最少也要一个小时。在如此严密的警戒中做这些事，立刻就会被发现吧。想要成功狙杀大贺，就必须知道目标人物的固定位置，事先瞄准。"

"如果是棒球场内的开球式，就有可能成功吗？"

"有可能。投手一定会站在投手板上，只要知道大贺的身高，就能测算出他头部的位置。"

闻言，薰握着方向盘，手心不由得渗出汗来。"作为参考，我想问一个问题，磁轨炮的射弹要是命中了人的头部，会怎么样？"

"这个……"汤川毫无兴致地答道，"我没想过。我之前说过好几次了，磁轨炮是实验装置，并不是武器。我当然知道你想说什么，因操作者的不同，它可能会变成武器，对吧？但一个真正的科学家，是不会选择那样的使用方法的。"

"古芝……他放弃当一个真正的科学家了吗？"

汤川摇摇头。"我们现在只能祈祷不是这样。"

就在这时，放在一旁的手机响了。薰把车停在路边，接起电话，是间宫打来的。

"发现古芝伸吾的车了，虽然只是从外部进行了确认，但放在里面的应该就是磁轨炮。没发现他本人。立刻和汤川老师一同赶来，具体位置我发信息告诉你。"

"明白了。"

薰挂断电话，将情况转告汤川。

汤川歪头思索着。"从外部确认，说明车的后备厢是锁着的，那样无法发射磁轨炮。古芝究竟打算怎么做……"

信息收到了，还附了地图，看来就在球场附近。

"先去看看情况吧。"薰说着发动了车子。

28

现场在高地上某住宅区的一隅。空地上停放着几辆汽车，其中一辆是白色的小型客车。通过确认车牌号，判明车主就是古芝伸吾。透过车窗，可以看到一个配备了长金属板的装置。

草薙站在车旁，向远处眺望。斜下方就是 Sunny 体育场，一眼就能看到投手板在大约五百米外的地方。

"确实是个绝佳位置。"草薙不由得小声说道。

"真危险。如果奠基仪式顺利结束，警方安心撤退后，大贺议员在开球式上被射杀，这可不是刑事部长被免职就能解决的事。"间宫走近草薙，吐了一大口烟雾。

"麻烦的还是古芝伸吾，他到底藏到哪儿去了？"

"让他就此放弃作案恐怕还行不通。总之，只要我们守在这儿，那小子就无法接近磁轨炮。"

间宫在地上捻灭了烟，用手指拈起烟蒂。草薙从上衣口袋里掏出便携式烟灰缸时，一辆汽车向他们驶来，内海薰坐在驾驶席上。

车子停了下来,内海薰和汤川下了车。

"老师,让您在百忙之中特意跑一趟,真是不好意思。"间宫跑到汤川跟前寒暄道。

汤川点点头,看向草薙。二人对视着。

"是那辆车吗?"汤川问道。

"对。"草薙答道,随后拉开了那辆小型客车的门。车门原本是锁着的,刚刚被打开。

汤川戴上草薙递过来的手套,走近那辆车。他看着车内的装置,神色没有变化。

"怎么样?"草薙问,"没错吧?"

"的确是磁轨炮,"汤川答道,"是古芝在高中时经我指导制作的。电容器连接变压器的方式,还有那个变压器的样子,我都能认出来,基本保持着原状。"

"好!"间宫高声喝道,掏出手机,看来要向上司汇报工作。

草薙指着棒球场问道:"从这里狙击,可能命中目标吗?"

汤川目光冷峻地看着球场。"如果真那么做,应该是可能的。"

"但现在这样还不行吧?对理科一窍不通的我都能看出来,这台装置还没有组装好。古芝到底打算怎么做呢?"

"谁知道呢。"汤川从挎包里拿出一架望远镜,开始眺望远处的景色。他凝视着别的方向,简直就像对这件事毫不关心一样。

"你在看什么?"

"没什么。"汤川放下望远镜,"如果我的任务结束了,是不是可以回去了?我不想亲眼目睹古芝被逮捕。"

"啊,这倒是可以……"

"能送我去车站吗?我自己从那儿坐车回去。"汤川对内海熏说。

内海熏将征询的目光投向草薙。

"你去送吧。"

"好。"内海熏应道,迈步朝车子走去。汤川紧随其后。

"汤川,不好意思。"草薙在汤川身后说,"但多亏了你,古芝伸吾才没有变成杀人犯。这样不是很好吗?"

汤川回过头来,脸上浮现出淡淡的微笑。他的嘴角轻轻上扬着,眼中流露出的却是哀伤的目光。"我比任何人都了解他。"汤川说罢,坐进了车里。

"到底是怎么回事啊……"草薙目送着渐渐远去的车子嘟囔道。

这时,间宫走了过来。"上面命我留下一部分负责看守的刑警,其他人全都去增援搜寻古芝的工作。开球式会在三十分钟后举行,失去了磁轨炮的古芝如果想杀大贺议员,只能接近议员本人了。重点巡视球场周边。"

"明白。"草薙答道。

29

去车站的路上，汤川一直缄默无言。薰猜想他一方面是因古芝伸吾的危险行为被阻止而松了口气，另一方面他心中的伤痛仍未消退吧。

汤川在车站前的中央广场下了车。"谢谢你送我。"他声音消沉地说完，走向车站。

薰正想发动车子，看见副驾驶席下面有一块像布一样的东西。她捡起一看，原来是眼镜布，想必是汤川落下的。虽然觉得这东西丢了也没什么，但薰还是下了车，追向汤川。他应该还没有走远。这时，只见本应进站的汤川坐进了一辆出租车。他接下来要去哪儿？薰无暇思考，连忙回到车里，发动引擎跟了上去。

出租车驶离中央广场，薰控制好距离，开始跟踪。为了不跟丢，她一边注意前方，一边抓起身旁的手机，准备向间宫和草薙请示下一步该如何行动。

但是……薰把手机扔到了副驾驶席上，先听听汤川怎么说再做决定吧,她暗想。

不久,前方出现了一个大型购物中心,出租车停了下来。薰看到汤川下了车,走向大楼。

薰加速把车开到他身边,停下来下了车。"老师……"

汤川停下脚步,看见她后,抿起嘴,似乎感到情况不妙。

薰盯着汤川。"这是怎么回事?"

"没什么,只是来购物中心一趟而已。"

"为了什么呢?特意从车站打车来这儿,到底想买什么呢?"

"与你无关。"

"那我陪您一起去吧!"

"不必了。"

"我得去。我随便逛逛,您不必在意我,尽情购物吧!"

汤川皱起眉,流露出几分焦躁的神情。

"这儿会出什么事吧?"薰说道,"请您说清楚。"

"我不能说。拜托,让我一个人去吧。"

"那可不行。"薰掏出手机,"您要是不向我说明实情,我就联络草薙前辈。"

汤川脸上露出痛苦的表情。"没时间了,开球式马上就要开始了吧?"

"您为什么还在担心那件事呢?他已经无法使用磁轨炮了吧?"

汤川移开视线,摇了摇头。"并非如此。"

"并非如此？什么意思？请您告诉我。"

"对不起，无论发生什么事，我都会独自承担责任。我负全责，所以，让我走吧。"

汤川迈出脚步，薰一把抓住了他的胳膊。"我也去，我和您一起承担责任。"

"别说傻话……"

"说傻话的人是老师您。您了解我的性格吧？您觉得我会就此罢手吗？"

汤川表情痛苦地闭上了眼睛。

30

透过铁丝网可以看到孩子们正在进行防守练习。草薙和间宫站在球场的停车场内。就在刚才,大贺仁策一行抵达球场,进入了场地旁的球场办公室。等他们换完衣服,开球式就要开始了。

"古芝也许不会现身了。"间宫轻松地说道,"武器被我们缴获,他无计可施了吧,说不定现在已经逃到县外去了。"

"也许吧。"

"可能是我们有些小题大做了,他再怎么优秀,也不一定能成为一个厉害的罪犯。说到底,他只是个不久前才高中毕业的毛头小子。不过,高中时就能制作出那个东西也是挺了不起的嘛!"

"是啊……"草薙应和着,但他总感觉哪里不太对劲。

高中时制作的……不对!应该不是这样。原型或许是高中制作的,但后来应该又进行了多次改装。古芝伸吾正是因此才去仓坂工机上班的,仓坂由里奈也证实了这一点。

突然,汤川的话在草薙脑海中复苏了——是古芝在高中时经我指导制作的。电容器连接变压器的方式，还有那个变压器的样子，我都能认出来，基本保持着原状——保持着原状……不可能。如果古芝进行了多次改装，汤川是不会这么说的。

"组长，内海来过电话吗？"草薙问间宫。

"没有。说起来，她也太慢了吧。"

草薙拿出手机，打给内海薰。电话很快便接通了，她罕见地沉声说道："喂。"

"我是草薙，你现在在哪儿？"

她并没有马上回应，似乎在犹豫着什么。

"汤川呢？汤川怎么样了？送到车站了吧？那家伙回东京了吗？"

"我现在……和汤川老师在一起。"

"和汤川？喂！到底怎么回事啊？说清楚！你们现在在哪儿？"

"在球场东边一公里左右的购物中心。"

"购物中心？你们去那儿干什么？"

片刻后，内海薰答道："我们在等古芝伸吾现身。"

草薙举着手机拔腿就跑。间宫高喊着让他站住，但他根本无暇回应。

31

笔记本电脑的屏幕上出现了一群身穿运动服的少年。他们动作轻快，似乎是接收到了结束防守训练的信号，全都把球交给了捕手。看来比赛终于要开始了。在此之前还有一场可笑的仪式——大贺仁策和町长的一个打席的对决。

真是件讨人嫌的蠢事。眼看着孩子们就要认真地一决胜负了，几个大人还期待着表演助兴节目。但也唯有今天，自己会欢迎这无聊的仪式，因为那个大贺仁策，那个对姐姐见死不救的罪大恶极之人，马上就要站到自己早已瞄准的投手板上了。

伸吾看了眼手表，好像比预定时间晚了五分钟左右。看来是大贺迟到了，那个人一向不在意让别人等他。从保留下来的信息来看，多数时候都是秋穗在酒店里等他。为什么姐姐会迷上那种男人呢？伸吾知道如今就算想破头也于事无补，可还是非常愤恨。

大贺等人还没出场。伸吾又看了一次表，做了几次深呼吸，搓了搓脸。胃有点疼，可能是因为一直空着肚子吧，他已经超过十个小时没吃东西了。他从便利店买来了三明治和罐装咖啡,但完全没有食欲。他怀念起姐姐秋穗做的菜。她的厨艺算不上精湛,但就算很忙,她也会亲自下厨给弟弟做饭,炖汉堡肉是她的拿手菜之一。

"虽说你在家庭餐馆打工,但老吃店里的食物可不行。那儿的东西几乎都是速冻食品吧?不吃正经的东西,营养会越来越不均衡的。"说着,秋穗给伸吾盛了满满一盘汉堡肉,酱汁都从盘子里溢出来了。那是伸吾进入大学,刚开始打工的时候。

"光吃汉堡肉,也容易营养不均衡吧?"

"别废话!我的汉堡肉可是特别的,因为里面加入了名为'姐姐的爱'的特殊调味料。别抱怨了,赶紧吃!"

伸吾回忆着往事,泪水夺眶而出。一周之后,秋穗便去了另一个世界。

长凳旁出现了两个男人,都穿着运动服。其中一人正是大贺仁策,他左手戴着棒球手套,右手轻轻挥动着,走向投手板。

伸吾敲打着键盘,屏幕上的画面放大了。此时显示的是由磁轨炮的瞄准器传送过来的影像。

停放在高地上的那辆车很可能已经被发现了,否则警察应该会来这个购物中心的立体停车场。可能没人会想到车里的那台磁轨炮只是个幌子。

伸吾逐篇查阅了网上的新闻,却没发现长冈修被杀一事的相关报道。不知是调查完全没有进展,还是警方尚不能公开关于调查进展的信息。但伸吾意识到警方恐怕已经掌握了他的计划。从学校将磁轨炮运出一事应该也暴露了，更何况他也不相信仓坂由里奈能一直保持沉默。

屏幕上出现了大贺的脸部特写，画面中央有个白色圆圈。大贺的头部进入这个圈的瞬间，对伸吾而言，便是决定命运的一刻。圆圈的实际直径是三十厘米，到时能否命中，他自己也不知道，只是通过计算，有一定的命中率而已。现在，他能做的只有这些了。

"姐姐……"伸吾沉吟道，秋穗的音容浮现在他的脑海，"现在，我要为你报仇了……"

大贺走近了，不久他的头部就将进入圆圈。

伸吾咽了口唾沫。电容器已充电完毕，发射程序也设定好了，只要按下回车键，射弹就会飞射而出。他的手指移到了回车键上。然而就在下一秒，影像突然消失了。

他慌乱起来，不知道发生了什么。

监控磁轨炮的程序停止运行了，只可能是磁轨炮本身出现了问题。伸吾下了车。他用的是一辆从汽车租赁店租来的小型客车，停在立体停车场的二层。

他搭乘附近的电梯到了楼顶。最靠边的停车位上停着一辆带顶篷的货车，也是租来的。他登上装货台，放在那里的，是他执念的结晶。

轨道长两米，总重量约三百公斤。就性能而言，伸吾自豪地认为这是能达到世界最高水准的磁轨炮。它的前端正对着一公里外的棒球场。

从表面上看，并未发现什么异常。伸吾有些焦躁，若不尽快解决，恐怕会错过良机。

这时，一阵陌生的电子音传入耳中。他看向发出声音的地方，那里放着一部他从未见过的手机。为什么这里会出现这种东西？伸吾小心翼翼地捡起手机，看了一眼来电显示，顿时目瞪口呆——手机屏上赫然显示着"汤川"二字。

伸吾调整了一下呼吸，接起电话。"喂。"

"使用磁轨炮，是否能够成功命中一公里外、约三十厘米长的目标呢？真是个颇有意思的试验，如果目标不是人头的话。"电话里传来汤川爽朗的声音，"不好意思，我改写了主体的程序，现在磁轨炮的控制权在我手里。"

伸吾举着手机下了装货台，急忙环顾四周。他看见汤川和一个年轻女子站在旁边大楼的楼顶。"老师……为什么……"

"我仔细地查看了你的磁轨炮，堪称完美，令人赞叹。两年前，我教过你几个能够提升磁轨炮威力的方法，现在你将它们完美地呈现了出来，你的确是个出色的技术人员。"

"非常感谢。"伸吾脱口而出。

"从你家里搜出来的射弹的图纸我也看过了，你采用了两年前被弃用的螺旋桨方案，对吧？"

"是的。"伸吾答道，"在玻璃球表面涂上树脂涂层，每隔一百二十度留下一道 Y 形切痕。发射的一瞬间，由于空气阻力的影响，树脂会开始向三个方向脱离。"

"就像剥橘子皮一样，对吧？脱离玻璃球表面后，树脂会起到螺旋桨桨叶的作用，带动射弹加速旋转。"

"绽开的橘子皮在下一个瞬间会被撕碎，但剩下的玻璃球则能继续向前旋转。这样一来，既能提升射弹的定向性，也能降低空气阻力的影响，就和步枪的子弹一样。"

"完美……"汤川满意地点了点头，"如果射弹没有命中目标，伤及无辜的概率你计算过了吗？"

"算过了。"伸吾答道，"小于万分之一。"

"那命中目标的概率呢？"

"嗯……没有风的话，应该在百分之五十左右。"

"概率这么低也没关系吗？"

"不，但我想不出别的方法了。"

"还有一条路，那就是放弃。喂，议员的投球练习好像结束了，"汤川看着电脑屏幕中的影像，"和町长的对决终于要开始了。"

"老师……"

"我之所以来这儿，就是为了承担责任。"汤川说道，"事情我都清楚了，你也不是圣人，珍爱之人因别人见死不救而去世，你一定想报仇雪恨吧？但我希望你能回忆一下，埋头研制磁轨炮的那段时光我们聊过些什么。我们谈论过科学的美好。我不是为了让你做这种事才教你科学知识的。"

伸吾垂下头，无言以对。

"但是……"汤川继续说道,"我不想勉强你放弃复仇,如果你无论如何都想达成夙愿,我会助你一臂之力。让你制作磁轨炮的人是我,所以今天就让我来做个了结吧。如果想要狙杀大贺议员,就说出来。议员的头部进入瞄准器的一瞬间,我会发射射弹。"

32

电梯门打开的一瞬间,草薙飞奔而出。他推开玻璃门,径直冲上楼顶。内海薰的身影映入眼中,汤川站在薰的前方。草薙正准备走近,内海薰立即站到他面前,张开双臂拦住了去路。

"你搞什么鬼?"

"请不要再靠近汤川老师了。"

"啊?开什么玩笑!你说什么呢?"

"对面大楼的楼顶上停着一辆货车,古芝伸吾就站在旁边。"

草薙朝内海薰说的方向看去,正如她所言。她继续说道:"那辆货车里装着真正的磁轨炮,刚才我们找到的那辆车里的那台只是个幌子,比真的小了一半。"

草薙咂了咂嘴。"果然不出所料。"

可能是听见了二人的对话,汤川回过头来。"这不是警视厅的草薙警部补吗?还让您特意跑一趟,真是不好意思。不过,请别再靠近了,否则,我要启动磁轨炮了。"

"什么？那家伙在说什么？"草薙问内海薰。

"现在握有磁轨炮控制装置的人，是汤川老师。"

"你说什么？"

"丑话说在前头，"汤川看向草薙，"我希望你们不要接近古芝。只要让我看见对面出现一名刑警，我立刻启动磁轨炮。"

"汤川，你是认真的吗？"

"这是我迄今为止的人生中最认真的一次。"说着，汤川把手机放到耳旁，"警察来了，不过你不用担心，我不会让他们妨碍到我们。对了，你怎么还没发出信号？大贺议员和町长的对决已经开始了。议员的头已经在瞄准圈里进进出出好几次了，要做的话还是趁早为好。大贺议员的控球能力还不错，已经打出一个好球了。你再发呆下去，町长就要被三振出局了。"

草薙盯着内海薰，小声问道："你什么时候知道的？"

"到了这儿才知道。"

"为什么不早点通知我？"

她垂下头，缄默不语，看上去有些为难。

"喂！"

"把一切都交给他吧！"薰抬起头，"交给汤川老师。"

"你是认真的吗？"

"对不起，我已经做好受处分的心理准备了。"

不是这个问题啊……草薙蹭了蹭额头。虽然天气还有点冷，但他已汗流浃背。

33

"怎么了，要放弃吗？"汤川在电话中问道，"你为这一刻准备了将近一年吧，是不是也早就做好了被逮捕的心理准备？那你还在犹豫什么？如果是因为在意我，那大可不必。这也算是我自作自受，是对我没有教授弟子科学正道的惩罚。"

恩师的话撼动了伸吾的心。决不能让汤川做出那种事，但如果错过了这次机会，可能就永远都无法为姐姐报仇了。过往的每一天在伸吾的脑海中盘旋着。他为了复仇而活到今天，除此之外，别无所求。只要能报仇雪恨，就算死了也毫无怨言。

"现在是一个好球，两个坏球。"汤川说道，"喂！怎么办？差不多该做出决断了吧！"

伸吾抬起头，与汤川四目相对。

"最后，"他的恩师说道，"只有一件事我必须要告诉你。两年前，我们协作完成磁轨炮的那天晚上，在你家开了个简单的庆祝会，和你姐姐秋穗一起，还记得吗？"

伸吾点点头。怎么会忘记呢？那是他人生中最快乐的回忆之一。

"在你喝完啤酒睡着的时候，你姐姐对我说了一件很有意思的事，是关于你父亲的。你知道他具体从事的是什么工作吗？"

伸吾并不知道，便摇了摇头说"不知道"。

"那就让我来告诉你吧。他的工作是研发一种扫雷器。为此，他曾多次走访柬埔寨。"

"地雷……"伸吾很吃惊，他第一次听到这些事。

"我去了你父亲生前就职的晓重工，询问了详细情况。在他的研发报告的后记中，有这样一段话——"汤川从怀里掏出一张纸，"地雷和核武器同为科学家所制造的最低劣、最邪恶的东西。在任何情况下，利用科技危害人类、威胁人们的生命安全都是不可原谅的。我作为一名有志于投身科研事业的人，想纠正以往的过错——听了这段话，你有何感想？"

伸吾心里受到了极大的冲击，他完全不知道父亲做过这种工作。

"真是个崇高的理想。为什么你父亲从未对你提过他工作的事呢？我也是那天晚上听你姐姐说起才知道。我认为他是故意瞒着你的，你知道为什么吗？"

"不知道。"

"他曾对你姐姐说'我现在所做的事既非社会贡献也不是善举，而是忏悔，我无颜对引以为荣的儿子说出真相'。"

"忏悔？"

"你父亲就职于晓重工前，曾在美国的一家公司工作过，这是你出生之前的事了，你不知道也很正常。"

这件事伸吾也没听说过，他回应道："我不知道。"

"那是一家涉足军工产业的公司，你父亲负责的项目是研制反步兵地雷。"

伸吾大吃一惊，身体微微颤抖着。

"毕竟他当时太年轻，没有思考过自己做的事意味着什么。大概只是认为地雷和弹药一样，只是武器的一种，战争不会消失，所以武器是必需的。而就在那时，他亲眼目睹了一个孩子被地雷炸飞了双腿。那孩子知道有地雷，但为了给家人打水，还是不得不走那条路。得知这一切后，你父亲觉得是自己犯下了大错，并为当时的自己感到羞耻。因此，他回到了日本，在晓重工重新开始。作为一名科研人员，他只想用余生去改正过错。"

汤川的每一句话都深深地铭刻在伸吾的心底，父亲惠介的音容浮现在他的脑海中。他根本不知道，父亲温和的表情下隐藏着无尽的痛苦。

"掌握了科学的人就能征服世界。"汤川一字一顿地说道，"每当想起核武器、地雷之类的东西，这句话便被赋予了完全不同的含义。你父亲不断地训诫着自己，时刻铭记着这句话。那天晚上，你姐姐告诉我，总有一天她要把这些事都告诉你。怎么样？古芝，听完这些话，你有何感想？你想要做的事，真的能让你在天堂的父亲高兴吗？啊！界外球！已经是第三个了，町长还挺顽强的嘛。现在是两个好球，三个坏球，估计下一球就能分出胜负了。快点！议员的头现在就在瞄准圈内，要发信号就趁现在！"

伸吾感到全身的力量都被抽走了，但他并非是被无力感所侵袭，而是有了一种如释重负的感觉。他将手机从耳边移开，无力地垂下双臂，凝视着汤川。

汤川也看着他，露出温润的笑容。他示意伸吾把手机放到耳边。伸吾照做了。

"中外野安打！町长替你干掉了大贺议员。"

伸吾笑了。他有多久没有发自心底地笑过了？

34

漫天飞舞的樱花花瓣恰好落入纸杯中。

"啊，这可是个吉兆。"岸谷红着脸说。平时上班都穿正装的他今天换上了夹克和牛仔裤，这个搭配让他看上去年轻了几岁。

"是吗？算了，反正总比凶兆好。"草薙将点缀着花瓣的啤酒一饮而尽。

内海薰帮草薙续上啤酒。"汤川老师好慢啊，给他打个电话吗？"

"反正那家伙总喜欢装腔作势，可能是觉得晚点登场显得有身份吧。别管他，别管他。"

已经是四月了，草薙他们组今天轮休，于是便一齐来赏樱。内海薰提出邀请汤川一起来，没有人反对。

磁轨炮一事后，草薙和汤川还没有见过面。为了避免掺入个人感情，审讯工作是由其他侦查员负责的。汤川虽有妨害公务的嫌疑，但最终没有被起诉。

古芝伸吾因涉嫌故意毁坏财物罪被公诉，犯罪预备阶段的行为则未被追究。草薙认为这是一个合理的判断。

大贺仁策那边倒是没什么变化，超级科技新城计划仍在稳步推进。关于他异性关系的丑闻，没有任何一家媒体做出相关报道。

这次见到汤川后，草薙打算向他确认一件事——如果古芝伸吾当时发出信号，他是否真的会发射磁轨炮？

他不可能会做出那种蠢事，这是间宫他们大多数人的看法。"发射磁轨炮完全没有意义。编几个理由搪塞过去就行了，比如议员的头不在瞄准圈内之类。汤川老师这么聪明，对他而言，小事一桩。"

内海薰则认为汤川或许真的会发射磁轨炮。"我当时站在旁边，看他的眼神我就知道，老师是认真的。如果真的狙杀了大贺议员，他也会果断地认罪。但他绝不会后悔，汤川老师就是那样的人。"

按常理来看，间宫等人的说法比较合理，但深知汤川性格的草薙则明白内海薰为什么会那样说。

科搜研正在对磁轨炮进行详细的研究。据说装置的完成度近乎完美，制作者的天赋可见一斑。射弹的命中率极高，如果真的发射了，大贺仁策的头可能会像西瓜一样被炸裂。

草薙想早点见到汤川，听听他的解释时，收到了一条信息。是汤川发来的，正文如下：

我必须火速赶赴纽约，短时间内不会回来。即便真的发生了怪异事件，也希望你不要来美国找我。后会有期。

　　草薙苦笑起来，犹豫着是否要回复，最后还是决定一个字都不回，因为这样会让他觉得不久就又能见到汤川了。

　　看来这东西只能下次再给他了，草薙看了看身旁那瓶 Opus One 葡萄酒。

　　一阵清风拂过，花瓣如雪片般翩然飘落。

图书在版编目(CIP)数据

禁断的魔术 /（日）东野圭吾著；张北辰译. —— 海口：南海出版公司，2019.1
ISBN 978-7-5442-9414-0

Ⅰ.①禁… Ⅱ.①东… ②张… Ⅲ.①长篇小说－日本－现代 Ⅳ.① I313.45

中国版本图书馆CIP数据核字(2018)第210280号

著作权合同登记号 图字：30-2017-113

KINDAN NO MAJUTSU by HIGASHINO Keigo
Copyright © 2015 by HIGASHINO Keigo
All rights reserved.
Original Japanese edition published by Bungeishunju Ltd., Japan, 2015.
Chinese (in simplified character only) translation rights in PRC reserved by Thinkingdom Media Group Ltd., under the license granted by HIGASHINO Keigo, Japan arranged with Bungeishunju Ltd., Japan through BARDON CHINESE CREATIVE AGENCY LIMITED, Hong Kong.

禁断的魔术
〔日〕东野圭吾 著
张北辰 译

出　　版	南海出版公司　(0898)66568511
	海口市海秀中路51号星华大厦五楼　邮编570206
发　　行	新经典发行有限公司
	电话(010)68423599　邮箱 editor@readinglife.com
经　　销	新华书店
责任编辑	张　锐
特邀编辑	倪莎莎
装帧设计	陈绮清
内文制作	王春雪
印　　刷	北京盛通印刷股份有限公司
开　　本	850毫米 x1168毫米　1/32
印　　张	8
字　　数	158千
版　　次	2019年1月第1版
印　　次	2024年7月第24次印刷
书　　号	ISBN 978-7-5442-9414-0
定　　价	49.50元

版权所有，侵权必究
如有印装质量问题，请发邮件至 zhiliang@readinglife.com